U0053201

来一次 简体版

寻找 的 旅行

世界华文作家看邯郸

世界华文作家交流协会 编着

代序

心水

世界华文作家交流协会部分文友、应河北省邯郸旅游局苑清民局长之邀到邯郸观光一周，组成十八人采风团。於2016年5月12日分从澳洲、美国、加拿大、荷兰、德国、新加坡、马来西亚、印尼、沙劳越、河南、河北等地区抵达郑州及邯郸宾馆报到，展开了七天愉快的文化之旅。

文人旅游後自然喜欢舞文弄墨，因而旅游文学名著「徐霞客游记」始能留传至今让後人欣赏。本会文友们参加采风後亦纷纷「敲键」创作、将行程中见闻与感想记录成文，编辑结集而有了这部文选：「来一次寻找的旅行」。

首先让我代表全团文友们衷心感谢苑清民局长的邀请、感恩全程陪同的史少华处长、倪洋、张昕、张龙、张可。十三日路过安阳时、谢谢本会名誉顾问黄添福董事长设盛宴招待文友们。

感谢采风期间接待的各机构负责人包括：赵宏海副局长、邯郸作协主席赵云江、牛兰学、李琦、王承俊、祈向东、高振东、温王林、王学峰、杨彦苗、张紫言、刘俊梅、李海杰、李增书、李玉茹、张书明、朱献东、康玉娥；刘国印、魏聚忠等

（恕不称呼、恕难尽录）以及十八日欢送餐会的邯郸旅游局陈军副局长。

特别感激张记书副秘书长促成本会文友们到他家乡观光；谢谢为采风团全程拍摄精美相片、文坛後起之秀韩立军文友。

呈现此书的作品文体含括了散文、诗及短歌等，首篇是苑局长大作「邯郸故事多、请您来作客」；掷地有声的题目对尚无缘观光邯郸的读者经已是充满了诱惑，收录的近三十篇作品读後，必然会对几千年文化古城邯郸刮目相看呢。

附录佳作是韩立军的活动纪实：「文化的饕餮大餐、文学的海天盛宴」，原稿八千馀字，淋漓详尽；虽被缩少了五千字，文采依然、实为不可多得的记录。

晨露所撰「邯郸采风初录」对行程细节用心介绍；张可皈依佛教後、将与甘露寺的缘份娓娓述说，我们最後一站有缘瞻仰千年古刹，是要感恩张可安排呢？

著名诗人王学忠描写京娘湖及甘露寺，两篇散文处处透著诗情画意；林锦介绍粮画小镇，文学博士的作品题材独特，值得欣赏。新加坡著名诗人寒川的十首组诗，功力非凡，篇篇均盈溢诗情。庄雨的佛都结佛缘，娓娓述说著与荷兰著名中医生池莲子文友结缘过程，真是有缘万里来相会的美丽故事。

倪立秋的作品不愧是学者散文，仰视邯郸感受中华文明的厚重与质感，另一篇有穿越时空的感叹。谭绿屏重点描写了广府城太极拳圣地。袁霓走进历史走出现代的五篇短文，述说黄粱美梦、古都、陶馆、一二九师及响堂山石窟等景点观感。周永新的七律是唯一的传统诗作、此外解说了邯郸学步与介绍古

城邯郸的史迹。

张记书不愧是中国一级作家，这位多产的著名微型小说大作家，提交的竟都是诗作品，用几则成语为题写成诗，可读性强令人佩服。朵拉的三篇散文，是如诗似画的美文，著名的多产作家兼画家确是不同凡响啊！林楠详述对古城的深刻印象，是一篇极佳的观光导览。

在墨尔本被誉为才子的沈志敏，先後两次荣获台湾星云文学大奖的作家，对邯郸三千年的追问，历史观照祥尽，不愧是出自著名作家的佳作。本书主编艾禺此次对古城旅行、寻寻觅觅的找出了这部专著的「书名」，身为中文秘书亦是新加坡作协副会长，才女作家兼编剧编审等身分，名不虚传也。

婉冰是澳华作家群体中撰作短歌与汉俳能手，得力於她古文的修养，提交十五帖短歌诗作、描绘了七处引人的古城名胜；她的散文也盈溢诗意。

本书面世後，池莲子文友已成为本会新届秘书长，这位荷兰知名中医暨著名诗人的文章，描写了邯郸名城、广平府及大名古城等名胜，所造之梦引人深思。最後是老朽的两篇粗浅文字，让读者们见笑了、因而不值一提。

读罢全书初稿，从最後一篇开始每位作家都有略为提及；全属老朽个人主观感想，绝无评论作品高下好坏之意。等读者们有缘捧读时，将会相信此书作者们，能成为「世界华文作家交流协会」成员之一，起码「作家之衔」是实至名归也！是为序。

2016年9月28日（教师节），於墨尔本。

目次
Contents

晨露／散文

附录

采风团与黄添福董事长（正中白衬衫）合影

全体团员与邯郸旅游局局长苑清民教授（前排居中者）
及邯郸作家们合摄

采风团团长心水赠书于邯郸市图书馆长祁向东先生

采风团摄于娲皇宫

全体团员合照于七步沟

七步沟天门湖酒店外留影

全体团员摄于地质公园博物馆

邯郸大名欢迎作家团

考察馆陶粮画小镇

采风团明城墙上留影

014

邯郸采风团十美图

甘露寺究成大法师与作家们合摄·2016年5月18日。

團長心水贈錦旗于邯鄲市旅遊局副局長陳军女士

苑清民

　　苑清民（中国）男，1965年出生，中国河北省邯郸市人，在职研究生，律师，高级职业指导师，邯郸大学客座教授，河北省社会科学院、河北省旅游研究会特邀研究员，市摄影家协会名誉会长，邯郸市地方文化研究会常务副会长，市作家协会名誉主席。现任邯郸市旅游发展委员会主任、世界华文作家交流协会学术顾问。

　　苑清民先生文化底蕴深厚，对邯郸历史文化研究深入，兼任《邯郸文学》、《中原旅游》杂志社长。所主编的《邯郸成语典故》获河北文艺振兴奖，被认为是阐释「邯郸—中国成语典故之都」的里程碑之作；《邯郸文化旅游丛书》之《邯郸名居》、《邯郸名胜》、《邯郸名媛》、《邯郸名贤》等，全面展示了邯郸文化的独特魅力，被称为邯郸文化典范读本。

邯郸故事多　请您来做客

　　每天，当金色的太阳从东方升起，一趟列车就会从首都北京出发，风驰电掣般地向南飞奔，犹如脱弦的利箭势不可挡。行至京广高铁四百五十一公里处，在灿烂的霞光里，一座古老而又充满生机的城市屹立在面前，这就是——邯郸。

　　中国历史文化名城邯郸，有著三千一百年的建城史和一百五十八年的建都史，可谓历经风雨沧桑。在这片神奇的土地上，演绎过无数威武雄壮的历史活剧，留传下惊天动地的千古传奇。这里古文物古遗址俯拾皆是，漫步阡陌原野，一脚就可能踢出个古董来。庶民街谈巷议，随口就溜出一串串成语典故。这里星罗棋布的国家级、省市级四百四十七处重点文物保护单位，蕴含了丰富多彩、气韵万千的人文历史，著名的史学家李学勤先生曾说过：「邯郸遍地是黄金」当是不虚之言。

　　历史，留给邯郸的这些数不尽、道不完的故事，常常被引为邯郸人的骄傲。燕赵大地自古多慷慨悲歌之士，赵武灵王实行胡服骑射，开古代变法图强、改革开放之先河；蔺相如回车避让、廉颇负荆请罪成就了「将相和」的千古佳话；荀子从这里走出，集儒家之大成，挥毫著书立说；秦始皇在这里出生，

受赵地之滋养，成就千古一帝；曹操在这里立业，逐鹿中原，功成三分归一统；杨露禅、武禹襄在这里创建杨、武式太极拳，终为一代宗师，蜚英天下。先人们留下数以千计的成语故事，让邯郸荣膺「成语典故之都」，承载著邯郸文脉的精髓，也铸入了邯郸人民的魂魄。

历史，留给这里一处处斑驳的历史古迹，是这座城市最宝贵的文化遗产。历史车轮的无情碾压，曾让辉煌一时的赵国都城褪下金色的外衣，但赵文化的光辉却仍在新时代的潮头熠熠发光。赵武灵王歌舞阅兵的丛台虽早已物换星移，但依然阻挡不了人们「千年此地寻遗事，独对西风上古台」的响往。还有曹操横槊赋诗的铜雀三台，谁不想再来聆听蔡文姬悲愤激昂的声声胡笳？登上北齐开凿的响堂山窟，谁不想亲睹一下邯郸古道上千载肃穆的佛陀风采！

邯郸的自然风光也得天独厚：绵延起伏的太行山脉，这里的山山水水、一草一木都长满了故事。川流不息的滏河、漳河、大运河，日夜流淌著美丽的传说。京娘湖、黄粱梦、广府城给这座古老城市增添了多少灵秀之气？邯郸就像是一壶历久弥香的陈年老酒，能让你陶醉，能让你流连，能让你魂牵梦绕……

游览邯郸的朋友，你一定会有个深刻的感受：这里「有内涵，不简单！」。

热情的邯郸人民，正向天南海北的游客敞开双手：「邯郸故事多，请您来做客！」

✿ 心水

　　原名黄玉液、祖籍福建厦门翔安，於南越巴川诞生。1978年携眷海上逃亡，在怒海上赌命十三天，最後沦落印尼平芝宝荒岛十七日，後获救到印尼丹蓉比朗难民营暂居中心，翌岁三月被澳洲收留，定居墨尔本至今。

　　业馀喜好文学创作，已出版两部长篇、四册微型小说集、两本诗集和两部散文集。

　　共获台湾、北京及澳洲等地十四类文学奖，并获澳洲联邦总理、维州州长及华社团体颁十六项服务奖，2005年获维州总督颁多元文化杰出贡献奖。

　　三首诗作英译入编澳洲中学教材、四篇微型小说入编日本三重大学文学系教材。作品被收入多部辞典，小说、诗作入编澳洲华文文学丛书。

　　现任「世界华文作家交流协会」创会名誉秘书长、「世界华文微型小说研究会」理事。中国「风雅汉俳学社」名誉社长。

小城故事多

——邯郸古城采风记

　　早年就读南越华埠堤岸福建中学、国文老师教导作文时、强调应用成语的重要性；在无数成语里、举出十多句讲解。自然包括了「邯郸学步」、这句大多数人都能琅琅上口的成语。於是「邯郸」这个地方、便成为往後记忆中熟悉的名词、只知是属於遥远中国众多城市里的地名之一。

　　这个小城市究竟在神州广阔土地上、属於何省何地何方向？我并没有深入查究。没想到大约在二十年前、应邀参加在曼谷举行的东南亚地区文学研讨会；各国文友交流时有幸与来自河北的作家张记书先生结缘。接过名片时、赫然瞧见通讯地址上印有「邯郸」这地名、心中竟浮动著似曾相识的亲切感。

　　忘了有多少次在各种各式国际性华文文学会议上、与张记书兄重逢话旧了？某次开会、再遇到这位已成为中国一级作家时；陪在他身边的年轻文友张可、原来是他千金？老朋友真了不起、父女两代同时出席世界性华文作家会议、实属少有哟！

　　几年前回乡探亲、在添福堂弟安排下、与内子婉冰从厦门乘内航班机飞往郑州、再乘专车去安阳市。在安阳市期间、偶而得知去邯郸市不过五、六十公里左右？不觉心动、即时给

记书兄打电话，想专程前往探望交往多年的老朋友。可惜他当时身体微恙不便接待我们，怅惘中只好继续原定行程；近在咫尺，竟与邯郸这座几千年名城失之交臂。

中国知名诗人王学忠先生、原来家住安阳；当年「世界华文作家交流协会」还没有创会，自然尚无缘与这位名扬华文诗坛的诗人结识。不然人在安阳岂能不约他相见呢？去岁四月「世界华文作家交流协会」又组团，到厦门与武夷山采风一周；邯郸市的大作家张记书、安阳市的诗人王学忠均应邀参加。一位是老友重逢、一位是新朋欢聚，实在盈溢满心欢喜。

聆听过无数次「小城故事多」这首脍炙人口的华语名歌，是英年早逝的一代名歌星邓丽君所主唱。只知道这位天王级的歌后是台湾歌星，还没有去邯郸之前，真不知道这座三千一百馀年古城是中国美女之乡；邓丽君的祖籍就是邯郸，所演唱歌词中陈述「故事多」的「小城」，当然是邯郸啦！到过邯郸市观光的客人们、都会确认也唯有邯郸、才够资格被邓丽君歌后唱颂为「故事多」的小城呢！

五月十三日晚上在邯郸宾馆欢迎会上、远道而来的世界华文作家交流协会采风团全体作家们，人人获得邀请单位「邯郸市旅游局」赠书；厚重的那部是由「世界华文作家交流协会」学术顾问、「邯郸文学」社长苑清民教授主编的「邯郸成语典故」精装册。全书厚达七百馀页，收录了几千句成语。作家们如获至宝，老朽孤陋寡闻、直至接获这部赠书时，方知悉邯郸竟然是中国成语之乡呢！

中国成百上千的各大小城市乡镇、三千馀年来经历了无

数朝代，邯郸市始终没有被更改名称，依然保留了原来邯郸市名，实在是古城值得骄傲的奇迹哟！

主城区住著一百馀万居民的邯郸，在人口众多的中国、算起来只是一座小城镇。难怪在世界各国及华侨、华裔众多的东南亚，邯郸市像颗隐藏著的夜明珠，闪烁的光芒几乎尚未显耀？因而这座有著厚重文化的名城，竟被忽略了？不受重视自然就没有海外旅行社组团前往旅游观光。

到了邯郸後，有缘结识不少新交、惊讶万分的发现，邯郸人普遍都有著纯朴的素质；作家张记书、张可与韩立军因是文人，有深厚的文化根基、拥有高素质自然不足为奇？在几天接触中、首晚欢迎宴上苑清民局长掷地有声的致词、文词典雅得体，聆听时即让海外作家们深感敬佩；比之老朽肤浅发言，必定让在座的邯郸朋友们见笑啦？

像年轻导游倪洋的有问必答、热心服务；随团照料的佳丽史少华处长、经常清甜微笑、令文友们如沐春风；两位驾车师傅不苟言笑专心安全驾驶，张昕、张龙热诚协助大家、每次上车不忘派发瓶装水等等表现，都令文友们难忘。

那年参加上海世界博览会後、顺道去游黄山；前岁组团到厦门采风，特别要求邀请单位黄添福董事长安排作家们游武夷山。到了邯郸才知道，被誉为华夏龙骨的太行山近在咫尺；十六日那天我们爬上六百馀级石梯，到达北响堂寺石窟参观，人就在太行山半山腰啦！当时、忍不住面对山下滚滚红尘处高声呼叫，激动心情犹若面对绝世佳丽般的无法自拔。

居然会在三台遗址景点、见到曹操的宏伟大石像，实在深

感意外；在临漳邺城遗址观访，遥念六朝古都当年繁华风光，唏嘘岁月嘲笑著我这老朽怀古之情。

徘徊在大名明城墙上，心念著那些建筑城堡的人，如今安在呢？到「七步沟」时、面对那无波无浪清平如镜的绿水，宁静之心不禁泛起一圈圈涟漪，如能於此终老，夫复何求啊？

考察京娘湖，美景似仙乡；赵匡胤千里送京娘留下凄美的动人传说，美京娘殉情表贞洁，成就了情湖爱岛供游人怀旧的景区。

果真有蓬莱仙境呵，到黄梁梦镇时、大家有点飘飘然，好像人仍在梦游中？大石墙外龙飞凤舞雕刻著四个大字「蓬莱仙境」的挥毫书法，传说是八仙之一的吕洞宾化身送来的墨宝呢！大家争相拍照存念。

不到邯郸还真不知女娲补天的事迹，华夏祖庙「娲皇宫」在此屹立；我们风雨中站立在娲皇宫前的大广场列队摄影，立足处竟是「补天广场」。供奉的女娲主殿名为女娲阁，高高悬在半山活楼之处。女娲炼石补天的神话万古流传著、如诗似画的代代传递；这个景区座落在经已是万年前的新石器时代遗址上，难怪是全国重点文物保护单位呢！

十五日身体忽感不适、经过一夜安眠、翌晨已无大碍；行程是要去北响堂寺石窟，心想反正是乘车、到了再算。抵达目的地后，下车一看、天啊！石窟是在太行山半山腰之处；石窟佛像雕塑尚未对外开放。由於我们是旅游局邀请的海外宾客，崎岖不平的石路入口守卫、也就让大巴直驱到山脚。

新修葺的石级每上十来二十级、便是平地，前行十几步又

是石梯级。一直到达石窟所在，竟然多达六百馀级；大家边行边上石级，谈笑中不知过了多久？全体文友陆继都到了，自然也包括了老朽。本以为娇柔体力不济的贤妻婉冰，定难攀登？反而是我气喘吁吁的赶至，只是难为了诗人王学忠在我身旁紧张的扶持、感激之情无以言表。

窟龛内的墙壁雕著各式各样的佛菩萨、或坐或卧或躺或入定；表现出东魏北齐时代的雕刻艺术。类似的石窟在附近多达二十馀座，真想像不出当年的艺术家们、如何攀爬到半山腰去雕塑？

十七日观访了大名县的天主教教堂，听修女陈述该古老教堂历史。再去馆陶粮画小镇，没去前绝不会想到绘画艺术中，竟然存在著用谷物粮食制造出一幅幅特殊的「粮画」？画室内十馀位少女们面向画桌、专心的将一颗颗谷粒贴到画布上。展出粮画精美夺目、画框下都有标明售价。

赋归日、早餐后先观访广府古城、这座二千五百年前建造的古城、城墙於明代时重修；巍峨壮观、气势慑人，大家徘徊城上观赏四周风光。免不了各自寻找背景拍照，留待念想。

昨天到过天主教堂，今日最后一站是到甘露寺礼佛，意外之喜的是该寺院住持究成大法师，在寺门外率领弟子们列队欢迎，并以佛教最高礼仪为作家们披挂上黄色「哈达」。我们有缘观赏了杨式太极拳第六代传师、杨建超教练率众门徒在寺院前表演了上乘太极拳功夫。

依依惜别时、文友们莫不向车外的究成大法师及僧众尽力挥手，此别可能后会无期了？这番思绪似块铅石般重压心头，

久久难散。黄昏前安抵郑州、刹那间人人归心似箭，只待明朝启程各奔归途了。十九日文友们於不同时段、由张龙先生亲送到郑州机场，「世界华文作家交流协会」的邯郸采风团、总算圆满欢散了。

2016年6月15日，於墨尔本无相斋。

雨中多姿彩

甘露寺

——瞻仰邯郸千年古刹

空门寂寂两重三千此处无须说

自性坦坦沙河妙德不向他方寻

「世界华文作家交流协会」十八位文友、应邀前往河北邯郸采风、将近一周的美好时光瞬间即过；五月十八日大家依依不舍的与美丽古城邯郸挥手告别，乘大巴士去郑州。

邯郸旅游局的史少华处长、与本会在邯郸定居的张可文友（代表当地文联）、以及「世界华文作家交流协会」邯郸成员、年轻作家韩立军一齐随车相送。大家本以为是直奔郑州酒店，没想到临别时竟然再给作家们一个意外惊喜。张可文友归依佛教，可能是她要求安排让来自海内外作家们、到她归依的寺院参访与礼佛吧？

途中、车停在永年县广府古城东关几百公尺外的路南方，映眼是在佛寺山门外的广场。但见一位穿著袈裟的出家人合十迎候，大家鱼贯步入围墙，才赫然发现人已在甘露寺内古刹前空旷场地、置身两队僧尼们排成庄严的队伍当中。

甘露寺住持究成大法师、慈祥合十为礼，由张可文友引见

下、依次为作家们献上哈达。身为团长的我、自然是首先接受这项佛教寺院欢迎贵宾的最高礼节。但见究成大法师从一位弟子手中、接过长长的黄色绸缎布条，双手为我挂到颈上；紧接著再送上一串崖柏念珠、崖柏木料极为珍贵，上山采撷是充满危险与困难，念珠散发著微微香味，接过後老朽连声鞠躬道谢。

然后我被引向前方、十馀位文友依次均受到如此隆重的接受哈达欢迎礼、以及领受贵重念珠，大家心中刹时感到无比的荣幸与高兴，这座千年古刹甘露寺的住持究成大法师、转瞬间已深深感动了文友们。相信采风团全体作家们，虽然五湖四海都走遍了；但接受佛教这项最高礼仪，应是生平首次吧？感恩、开心、荣耀种种思绪飘飞自不在话下。

承传天台宗法脉的究成大法师、亲自带领大家开始参观这座古刹；边行边介绍、娓娓道来如数家珍。甘露寺原来始建于一千四百馀年前的北魏时期，在历史长河中历尽沧桑、见证了岁月更替的兴衰。

初建寺时名为「甘草寺」，由於隋炀帝三女南阳公主、不满父亲施行苛政，愤而削发为尼、法名妙善。暴君知悉後大怒、派兵追杀女儿；妙善避难於甘草寺，终为父不容、追兵发觉後将甘草寺焚烧、陪葬者竟是几百位无辜僧尼。南阳公主被农民起义军首领夏王所救、送往河北西部苍岩山修行。

到唐朝佛教中兴，重修甘草寺并改寺名为「甘露寺」、至明代又再修筑。民国初期寺院又因土匪混战、被战火将全寺烧毁。文革期间、千年古刹再次受到摧残。所幸於二零零六年起、由矽谷化工集团的宋福如总经理发菩提心、出资修建甘露

寺，经过几年修缮、寺院重建已接近尾声，如今重修後的甘露寺占地总面积是四万五千平方公尺；已建成的寺院面积是八千平方公尺。

迎面是庄严的天王殿、供奉佛菩萨宝相庄严，殿宇顶端与地面相距约七、八公尺，仰望时令人有高不可攀之慨。穿过天王殿後、走过空荡荡场地，大雄宝殿宏伟屹立眼前。殿外两边高柱雕刻的对联如下：

空门寂寂两重三千此处无须说
自性坦坦沙河妙德不向他方寻

心中默颂後、念及如此佳联理当存录，赶紧用相机拍下。宝殿内一如天王殿般的无比宏伟；信仰佛教的文友们纷纷面向佛菩萨合十鞠躬。老朽也点燃心香，合十祈求佛菩萨们无边法力、庇佑天下炎黄子孙们都无灾无难、幸福如意、生活美满。礼佛後通过大雄宝殿、再往前行、後座便是藏经楼了。

东侧由南至北依次是素食馆，自然是寺院内用餐之处；客堂应是接待所在，然後是斋堂、接著是方丈院，猜想是住持法师的寓居庭院。我们步过长廊去到西侧方向，由南至北的建筑物是讲经堂、僧寮、禅堂和安养院。

住持引领我们进入禅堂，说要让大家安心静心；堂前台上摆放了长形讲桌，台下安放布枕垫子。文友们入座後，每人座前有一杯清水、一本用来抄写「般若波罗蜜多心经」的册子，自愿取回去抄写者、抄後务必寄回寺院。

寂静中、聆听讲解人介绍寺院历史，再来是住持开示，表达欢迎世界华文作家采风团的莅临。最後提及寺院附近即是杨式太极拳发源地，故特邀请著名太极师傅前来与作家们交流，他就是杨式太极第六代传师、「中国永年杨振河太极国术馆」的杨建超教练。

杨教练站到台上扎马，可是讲台地方不够宽敞，在众人要求下，移驾到禅堂外表演。我们离开禅堂到户外後、除了杨教练、尚有十几位穿著白服饰的男女徒众，陪杨师傅一起表演精彩的太极拳术。

采风团队中来自荷兰的池莲子副秘书长、与墨尔本的婉冰秘书、每天都有打太极，能有此机缘得遇名家高手，自然万分高兴的细心欣赏。老朽虽是门外汉，也能领略到杨建超师傅不愧是当代太极大师；一举手一顿足间、其身段轻柔如布。他的弟子们全体步伐拳招、也与杨师傅配合到天衣无缝，真是一场令吾等大开眼界的真功夫啊！

如行云流水般的一流武术表演经已圆满划上句号，师傅们一齐收拳鞠躬；掌声雷动中、大家依依难舍的向住持究成大法师及杨教练辞别。承蒙甘露寺住持究成大法师、以及众僧侣亲送至寺院山门外停车处，上了大巴士彼此挥手。从五湖四海万里外奔波而至、莅临这座千年古刹的文友们，离去时莫不洋溢著欢喜心，大家兴奋的是因为这次意外收获、在人生旅途上，平添了一抹永不褪色的美丽记忆……。

2016年6月9日端午节，於墨尔本无相斋。

披挂黄色哈达的作家：右起荷兰池莲子、澳洲心水、婉冰、马来西亚朵拉和印尼袁霓。

甘露寺究成大法师与心水合影

池莲子

池玉燕，笔名池莲子，原籍中国温州。1985年因中西婚姻移居荷兰，曾攻读中国现代文学，民俗学，及中医学专业。现为荷兰「彩虹中西文化交流会」会长，世华作家交流协会秘书长，《南荷华雨》中荷双语小报主编（此报发向世界二十多个国家）。荷兰东南部「静疗保健中心」主任，中医师。

出版主要作品有诗集《心船》、《爬行的玫瑰》、小说散文集《风车下》、散文诗《花草集》；短小说集《在异国月台上》；主编论文专集《东芭西篱第一枝》记2012年首届荷兰中西文化文学国际交流研讨会。现为世界诗人大会永久会员，中国世华文学同盟会会员。

邯郸造美梦

　　眺望窗外，从东飘来的朵朵浮云；顿时，脑海里潜在自然地浮现出了广府坚城；十里清波的洼定之水，波光粼粼，阴柔阳刚。

　　邻人激动而无言！让人怀念而无址；因为这里处处有国宝级的古迹，乡乡有历史古籍中的名人，英雄与豪杰！秦始皇、蔺相如，曹操等等。

　　转眼间，从邯郸之旅，到返回荷兰，已两个多月了。而匆匆邯郸之旅，仍历历在目；走进女娲炼石补天的神话世界，穿越京娘湖感人至深的爱情故事，登上太行山，观拜与敦煌几乎齐名的北响堂寺石窟；以及大名的石刻和馆陶寿村的粮画，令人耳目一新！这儿一切的的一切，无不让一个从未来邯郸的人，回味无穷而震撼！原来，我的故乡之土，这麼远，又这麼近；这麼小，又这麼大……这独一无二的中原的文化特色，与艺术魅力，散发著强劲的芬芳与韵味，渐渐地随著黄河之源，流向世界！

　　在那短短的几天里，我好像终于找到了，我移居海外几十年里，一直在梦中寻找的根中之根！

回忆起来，频有印象之的是：

邯郸名城　广平府

一方水土养一方，据说这儿的人，大部分喜文爱武，秉性柔韧，无论贫富，淡定泰然，尊重生命，尊重自然。就因这种自然与悠久的的文化产生共鸣，穿越几千年，营造了通天理地的，阴阳相济的太极。用恒古的天人合一的自然理念，创造和发展了人与宇宙融为一体的，远古而又现代的太极拳，这儿被称为「中国太极拳之乡」，「太极拳」是广府城的一张闪光的名片！

早在清道光年间，这里的太极拳开始蓬勃发展；出现了杨式、武式的的宗师，如杨式——杨露禅大师和武式宗师——武禹襄大师。尤其是杨式太极拳，行云流水，舒展大方，静如水，站似桩，从一百零八式，八十八、四十八等式，渐渐发展到如今较普及的二十四式，已传遍全世界，因为它的简练，易学但又有衡量，即可练功又可锻链身体，它是当今时代健康保健的最佳选择。素不知，美国早在十年前，就通过美国人练太极的健康效益，并选定每年四月的最后一周的周六为「世界太极日」，在那一天，你就会发现，在世界各地，有很多人，在不同的场所演练太极拳，以杨式为主！在荷兰，人们对学习太极拳，作为周末消遣和健身保健，越来越热衷了。

我这次有幸加入「邯郸之旅」，有机会参观，杨式太极拳宗师、杨露禅的博物馆，见到不少当年的真迹，还拍了照，作

为第一次拜慕宗师的纪念。於此同时，随世华作协交流协会本此采风团成员，一起观看了「杨式太极第七代传人——杨健超大师的合队精彩表演。

据说当年，杨露禅宗师受邀到清王府教拳，在与人比武时，得到光绪皇帝的老师，书法家翁温和的称赞，杨进退神速，落实莫测，身似猿猴，手如运球，犹太极为浑圆一体是也！并亲书一副对联相增送：「手捧太极震宇宙，身怀绝技压群英。」从此杨式太极拳从王府内扬传开来，传至第三代传人杨澄浦，他开始演练与研究，并加以定型，作著出书，如《太极拳作用全书》等。从此，使杨式太极拳进一步发展，受到广大学员的喜欢与实用。很快地，杨澄浦就从京城一路南下教拳，经过武汉、南京、沪杭及广州等地，真可谓桃李满天。

大名古城　故事多

　　一曲《小城故事多》，歌坛天后邓丽君的杰作，从台湾唱到大陆，从大陆扬向世界。我，这才知道她的祖籍在大名，她的「小城」原来就是大名，怪不得她唱的如此缠缠绵绵，不离不舍，让她的听者，有一种走进去就出不来的感觉！

　　更何况「一部水浒传天下，世人皆知大名府」这座与广府共存同享国家级，乃至世界级的历史名城，一为「三国之都」，二为「水浒之乡」，至今仍保持著众多的中国传统文化踪迹的文物、历史纪念馆和博物馆。如石刻博物馆，馆记忆体有天下第一古石碑——五礼记碑、朱熹手书及他的写经碑等。又如古代神话中城隍庙，城隍庙是古代传统为祭祀城隍神而建，「城」为城墙，「隍」为护城河。此外还有文庙，主祭孔子文圣人：关帝庙是纪念三国大将关羽而建，但这些庙宇还正在招商引资，以待重新修建。而关羽庙与文圣人齐名，这也是大名文化的一种独特的象徵。

　　除此之外，大明名城古往今来，名人荟萃，一代名相包丞、狄仁杰等，都曾在此为官，这儿也是梁山好汉卢俊义之故乡。最令我深刻而难忘的是，这里更曾是建安文学古都。

　　那日，我们走进邺城——建安纪念馆，我好像再次历历巡读《三国演义》，曹操那大气而无所不为的将相雄风，文才横溢的大家才子形象，一尊雕塑，栩栩如生给我留下深刻印象。虽然曾经不可一世！但终究落花流水去，留得空名住。此时的

我竟情不自禁地哼起了那首在《三国演义》中的一段插曲：

> 滚滚长江东逝水，
> 浪花淘尽英雄
> 是非成败转头空，
> 青山依旧在，几度夕阳红？
> 白发渔　江渚上，
> 贯看秋月春风
> 一壶浊酒喜相逢，
> 古今多少事，都付笑谈中。

邯郸处处有风水，经商随时讲仁德

在短短几天的时间里，我们算是走马观花地经过了一座座名城、一个个博物馆、一尊尊名人圣贤大德的塑雕像，无不让人产生一种敬仰之感！在这样一个浓郁的传统文化的氛围里，人们的思路与风俗习惯，一定很有常纲意识和满足于现实又追赶现实的生活的理念。

尤其是广府城，从明清时代起，就交通发达，繁华之至；北连顺德而通北京，南面黄河，西依太行，东临平原。一条弯曲如蛇的滏阳河沟通城内外。这就是风水学中常提到的，一座城周边，依山傍水，那山水就是这座城的灵与神，又加上城内还有不同造型的桥墩流水，长年像一条水龙，不断地前後游

动……使城内的气流通畅，生机蔓延。人们生活在这样的环境里，就会心情舒畅而安康。再看他城内的布局：四大街，八小街，七十二道小拐弯；三山不显，四海不乾，八步三眼井，四门九狮子，九曲十八弯。构成一个阴阳十分和谐，生机勃勃的小城。

据说广府城的人享有经商的名誉。曾有一个很会经商的商号，名称「鼎泰恒」。这家商号掌柜的，为他们自己特定了一套传统仁德礼义的规矩：要求店员，要仁义礼人，做到「有恒、有识、有德，仁和礼运。」、「无次、无假、无欺，信正八方。」一个商家，有如此这般的经商理念规则，他的事业一定会越做越好，久经不衰。「鼎泰恒」就是用这种，以社会及个体信誉度为标准的经营方式，赢得了越来越多的客户，并创建了：诚信、资厚、货全的信誉。生意越做越红火，发展到几家周边城镇的连锁店，甚至在北京驻有办事处。

可见，仁义处处可见，道德人人尊重！

此外，还有这边的刺绣，剪纸与粮画，也是这一片传统古老土地上的绝活与品牌！从他们的刺绣，剪纸与粮画的艺术中，可以领略到，人们生活在这样的环境里，和睦相处，知足常乐，家和万事兴！有家才有国，国强民富是中华民族向来的美梦啊！

由於时间关系，我们经过的地方多而观看的时间过短，很多地方与历史文物都只能等下次再来吧！

临走的那一天，我偶然在一本介绍本地文化的杂志上，看到了一个有关「卧龙古槐」传说，人们说它是大名城里的保护

神。有关记载，「卧龙古槐」原为明代兵、工两部尚书刘尊宪后花园之树。据考证为宋代遗物距今有一千多年的历史。非常神奇的是，它的东部有一主枝伏地，蜿蜒向东延伸，恰似一条龙尾，伏卧欲飞的巨龙。而那树顶龙头，近年来愈来愈青葱茂盛！因此大名百姓认为它灵验无比，一年四季「龙槐」红绸缠身，香火不断，供护它的人们来自大名四面八方。它就像一条正将腾飞的巨龙！

是的，大名将腾飞，广平府要腾飞，整个邯郸将腾飞！为了一个新时代的中国梦，让我们一起腾飞吧！

2016年7月8日（立秋），荷兰。

婉冰

　　婉冰、原名叶锦鸿（MariaCamHong Wong）祖籍广东南海西樵。

　　诞於越南湄公河畔，夫婿黄玉液（心水），育有三男二女。

　　1978年9月全家投奔怒海漂流十三日，沦落印尼荒岛十七日、获澳洲人道收留、翌年3月定居墨尔本。

　　现任「世界华文作家交流协会」副秘书、「台湾侨联总会」海外理事会顾问、「墨尔本澳亚民族电视台」常务顾问，著有两部散文集：「回流岁月」及「舒卷觅馀情」、诗集「扰攘红尘拾絮」、微型小说集：「放逐天涯客」等。

　　曾获文学奖：北京、广东、台湾、墨尔本等四地的散文文学大奖、微型小说集佳作奖、2016年《舒卷觅馀情》散文集荣获台湾侨联总会华文创作佳作奖。

　　社区服务奖共九项：包括维州总督颁多元文化杰出贡献奖、维州州长颁国际义工年服务奖、墨尔本市市长颁「社区杰出贡献奖」及各社团颁发多类奖项。

邯郸采风短歌十五帖

邯郸　短歌两首

邯郸美人窝
名人事迹海外播
古城闻颂歌
沿途青翠迎风舞
游目乐赏好山河

邯郸城古朴
史馆丰藏珍品多
笔拙难描说
醉人草绿湖凝玉
万里归客欲谱歌

邺城　短歌两首

邺城存古貌

别致灯柱道旁照

枭雄铜像高

子健七步成诗处

煮豆薪火尽灭消

三国事闲聊

铜雀竖立锁二乔

曹操燃祸苗

若非华容开活路

枭雄功业弹空调

女娲宫　短歌两首

云髻簪牡丹
披叶为裳原始相
补天未怨忙
日夕河堤勤炼石
千古神话四海扬

女娲欲补天
未辞劳苦凭志坚
美丽神话传
捏土造人繁子孙
浮雕画卷涉县存

京娘湖　短歌两首

宋皇赵匡胤
千里护送历艰辛
义气盖天云
京娘感恩萌爱根
遗憾碧潭殁香魂

赵氏大业成
思忆京娘泪暗凝
遍觅梦难寻
追封贞义夫人号
滴翠仍浮倩女情

大名县　短歌两首

漳卫河泛滥
大名遭淹墨宝葬
字碑也殉难
历朝古城变泽国
後人重建现昔颜

陶粮画工妙
五谷豆叶颜色娇
风景人物俏
栩栩若生如拍照
精湛工艺堪夸耀

北响堂石窟　短歌三首

沿阶登山崖
石窟幸存诸佛颜
单掌护慈航
浩劫天人遭摧残
入目洞壁伤痕班

前人工艺精
万仞千峦履薄冰
惊疑怎能成？
高处斧痕刀雕深
留得後世瞻仰频

年迈步履艰

慕名瞻仰奋力攀

汗雨透衣衫

昔日辛劳存古迹

终尝心愿谒佛颜

甘露寺　短歌两首

古刹宏且静
雅室潜修勤诵经
待客礼至诚
禅师开示涤凡心
寺钟敲醒俗世情

太极慢展伸
举手提足体力增
身摇意随神
庄严佛地勤操练
国粹流传後代人

成语之乡采风

　　世界华文作家交流协会，所办的文学之旅，每次我都是以平常心整装待发，仅这一次却引起热烈期盼。因邯郸市中国一级作家张记书文友牵针引线，促成往其家乡采风，对完全陌生的地方，总难免踌躇紧张。

　　其实邯郸这名字，在就学时曾听老师讲述，除了知道是源自一句成语「邯郸学步」外，对其历史完全不求甚解。展开我

国海棠叶地图，也没清楚显示地点所在。立刻上网寻找，希望有初步认识。按是古代三国时期是一个繁荣且重要的地方，兵家必争城镇，是我国成语的发源地，也是很多名人故乡，或曾在此奋斗建国立业之所在。

之前、孤陋寡闻如我，才真正明了自己的知识是多麼的肤浅。总是认为山东才是古代名人的聚产处，一直难禁对山东有太多联想，希望能莅临凭吊一番。为了对邯郸风貌仅有简略认识，终於、网络上探索，才获悉邯郸种种多采景观，勾起无限响往，竟焦急等待启程出发了。

由新加坡辗转到郑州，满脸笑意的史少华处长和张可文友，接我俩同回旅馆，那时已是万家灯火了；疲累的我感四周境物一片迷糊，暂忘鸣唱的饥肠，急急赴周公之约。是好奇心作祟吧，晨曦初露，把外子心水推醒，急於到餐厅和各国文友相会。旧雨新知，一同启程往目的地，史处长处处照应，诚意接待，没半点官架子，让人顿生好感。

途经安阳市时，心水的堂弟黄添福，从山东赶到，专为亲自接待远道而来的文友们。贵宾房那三十座位的特大餐桌，摆列整桌佳肴美酒；主人满脸笑容地为大家举杯接风洗尘。添福经营的福佳斯集团，办公大楼门前及其所建楼宇；均高挂鲜红横额、闪耀醒目是：「热烈欢迎世界华文作家交流协会莅临指导」让各文友们意外惊喜，纷纷相互拍照留影。

小巴进入邺城，树荫婆娑，绿草如茵。今日的中国处处皆是与蓝天赛高，和树木争地的幢幢现代气派的石屎森林。但进入临漳境内，高楼巨厦是那麼稀少，让我顿感万分惊讶。映进

眼帘皆是充溢复古气氛的环境，错以为走进时光隧道，仿若误被放置魏国城里。沿途车道两旁，都是古朴式样的路灯。博物馆门前竖立枭雄曹操巨像，正和那栋雄伟城门，争相述说昔日的光辉历史，又彷佛向苍天控诉，为沦亡国土永久默默悲哀凭吊。魏朝曹操所建筑的三台，和曹家父子的才智事迹，把我目光吸引凝聚。其实对於三台，我是在习唱粤曲时，有关曹子健在铜雀台七步成诗而脱离困境，免被迫害的典故，才对魏国的历史略为认识；至於其他二台，完全一无所知了。但因曾涉猎三国演义，对於关公负责守华容道时，曾网开一面释放曹操，对关云长的英雄识枭雄之举，才让曹操其大业得成，思及此、难抑对关公的重义知恩更加敬佩了。

在邯郸宾馆和当地文坛先进交流，才知此地藏龙卧虎，连旅游局的苑清民局长也是知名作家，著作等身者。彼此经简略倾谈，互赠著作后，便合照留念。苑局长特为远途来作客的我们设欢迎晚宴，巨型的餐桌上布置精雅；甚具礼仪的女服务员，为宾客捧上一道道精致可口的菜肴，但最吸引我是那邯郸盛产的五谷杂粮，浅尝本地出名佳酿，口舌感觉醇香。座上的各位主人，纷纷向来宾敬酒和畅谈，至深夜才尽兴而散。

要考验我们体力之旅宣布开始了。全程由史处长、张昕、张可相陪，英俊且温和的倪洋为导游，沿途详细讲述，对我们这群问题不辍，或有些重听的作家们，重复又重复的不厌其烦，那抹微笑永远展呈面上。当地作家韩立军，是一位恳切的年轻人，他全程陪伴；肩负相机忙碌猎取焦点，我们一群都是他捕捉的目标。邯郸以大自然的如画风光迎宾，我等已目不

暇给，真怕如吕洞宾在仙洞中醉卧，醒来仅是一场虚幻黄粱梦而已，但轻抚吕仙祠门前石碑，仙人以扫帚挥舞即就的「蓬莱仙」，和後来乾隆皇帝补写的「境」，才感是真还假，假却原来是真也。

获邀往参观一二九师的司令部，他们热情接待我们这班从市区来的土包子，在简朴的饭堂里，共用部队式乡村菜肴，尤其那盘深绿野菜，入口鲜、甘、香，更胜山珍海味。娱宾除了精彩军乐、军歌、军舞表演外，竟意外欣赏邯郸的天地豪情，上天特也安排倾盘大雨迎宾。照顾周到的史处长立刻准备雨衣，才免去表演落汤鸡的狼狈相。

抵达娲皇宫，让我想起女娲炼石补青天的典故，且又捏土为人繁衍後代的传说，虽然是真或是乡野传说，我也无时间考究，仅不禁沾沾自喜，毕竟是女性的力量吧，原来古代的女性，比我等能干坚强。大雨连绵延续，是我们采风队里匿有贵人吧，才会招风引雨；石阶路滑且恐高处不胜寒，故未能遍游女娲宫，深感遗憾。匆匆临高远眺，仍见碧湖清澈如玉般晶莹，雨丝正忙在碧玉上雕刻一个个有序的漩涡，怀疑是女娲炼石时滴洒湖上的泪和汗。青山绿叶随风雨多姿态舞摆，如画景物，入目是无限的舒畅，细声对外子戏言，真想在此隐居，挥别世俗，悠游地乐渡神仙般晚年。

曾经在很久前的新年庆祝会上，和票友演出夜送京娘的折子戏，今日才真正弄清楚其故事内容，难怪朵拉文友常取笑说婉冰真能遇事不管，整日迷糊。这次得遇曾演绎的角色，暗喜机缘不可失，立刻争取和京娘像合照，永留纪念。

天天转换景点，彷彿走马赏花，但都是值得参观的地方，如陶艺博物馆、七步沟、峰峰磁州窑、武灵丛林……等等。让我很感惊奇是大名府的博物馆，处处是名人碑帖。据说很久以前，因漳卫运河缺堤，曾淹没了整个城府；经日久修复，虽然损失非鲜，至今依旧保有那麼多名人所写的宝藏，伤痕处处的石碑，真是非常可贵。

　　首次欣赏采用五谷杂粮，或树叶树枝堆砌而成的画，除了风景，还有栩栩如生的柳眉凤眼美女像，琳琅满目。工厂内女匠们，全神凝视贴堆，粒粒细如芝麻，置放位要靠十分准确眼力，如斯精致的手工艺，让我们万分佩服。

　　我自感欣慰的居然够体力，成功登上太行山那望不尽的石梯，虽然是倚赖张可借用的手杖，艾禺妹和文友庄雨的帮助，才扶摇直上。终於有缘瞻仰经战火摧毁，肢体残缺的佛像。看见四肢难全的石窟佛群，依然面上显露慈光，原谅世俗的凶悍行为。欲问当时的行凶者，是否也懂愧疚不安。可能邯郸人民多是信奉佛教？拥有颇具规模的佛像博物馆、造像馆等，但让我深感意外是其中竟有一座可观的天主教堂，这足证邯郸人大度量，对宗教包容，真可足证佛祖肚内能容一切呀！

　　回程时参观甘露寺，首先映入眼帘的是一座宏伟建筑物。寺门站立排列整齐的佛们子弟，双掌合什迎接这班俗客。该寺住持究成大法师在广场含笑迎接，满脸皆显我佛慈悲样，给我等最高礼节佩戴黄色哈达，和一条用山顶崖柏做成的佛珠。其浓情接待，我等也急忙合十回礼。游目大雄宝殿，是非常宏伟，两傍禅房宁静清幽，是禅修的好地方。听罢佛理开示後，

太极师傅带领门徒，为来宾表演国萃太极，这轻移慢推，却含有无穷内劲，对强身健体有未可想像的力量。

匆匆参观了终站广府古城墙后，主家的欢送宴设在广府会馆，由旅游局副局长相陪；这位女副局长堪称外交优秀者，席中左右照顾。口才滔滔，妙语如珠，不停劝酒进菜。大家最不舍是和全程相陪的史处长等人，频频互订再会之期，手握了又紧握，抱了又重抱，皆感时间溜走太快了。惜天下没有能留驻的事物，最後、还是会曲终人散啊。

惜字数所限，未能详引读者共寻历史的痕迹，总认为还是亲临其地更能体验错进时光隧道的惊喜和乐趣。

2016年8月，於墨尔本。

百瀑峡前心心相印

✿ 艾禺

　　新加坡作家协会副会长，世界华文微型小说研究会秘书、世界海外华文女作家会员。作品包括：短篇小说《困鸟》、《海魂》；微型小说：《风云再起》、《艾禺微型小说》、《最後一束康乃馨》；少年小说：《妈妈的玻璃鞋》、《镜子里的秘密》、《天狼星游戏事件簿》，《不见了的蓝色气球》、儿童文学／绘本：《奇怪的画像》、《假装》、《窗内窗外》、《大明伟和小小熊》和《我们一家人》等。

　　主编作品：《逍遥曲》、《城市的记忆》，《城市的足音》，新加坡作家协会刊物《新华文学》编委，世界华文作家交流协会文集主编。曾是新加坡传媒华文戏剧组故事策划／编审／编剧。2007年以作家身分进驻校园成为驻校作家，同时也是自由撰稿人。

来一次寻找的旅行

当跟友人说我要去邯郸的时候，大家都露出惊讶的表情。

「邯郸学步」听过的人多，也都知道邯郸在中国，但确切的地点在却没有几个人说得清楚。

「是个旅游景点吗？」有人问。

我其实也模糊，於是特地到旅行社走一趟，年轻的女服务员听了半天也没听懂「邯郸」二字，更不要说怎麼写了。最後为难地告诉我，「对不起，我们旅游社没有去那里的配套。」

换间旅行社，终於找到个懂的。黄小姐格外殷勤，为我们查找了最经济又简单的路线，从新加坡直飞厦门，再从厦门飞郑州，早上不用赶机，只是抵达郑州的时间会是午夜11点。就这样，三个新加坡代表成了最後的报到者。到达新郑州机场等行李箱输送带出来的时候已近12点了，出闸的时候被告知要从另外一个出口，谁知这样就害惨了前来接待我们的邯郸市旅游局派出市场处处长史少华女士和她的一班手下，见我们迟迟不出闸而提心吊胆，还以为我们出了什麼意外。

12点多的机场有点冷清，两帮人马各据不同「地盘」，也没有去留意「远方」的动静。等了好一会好纳闷，明明说好来

接我们的，难道因为太迟了？我尝试「越界」到另一边瞧瞧，才发现张可和史处长一众人还在朝出闸处引颈期盼。终於喜相逢了，美丽的史处长看到我们终於松了口气，从她脸上渐缓的焦虑，使我们真觉得很过意不去。

夜不好眠，出门总是这样。第二天一大早，十国的代表已经齐聚酒店餐饮部（除了张记书和王学忠之外），大部分是早已熟络的旧雨，老朋友又见面了；几位初见面的文友，也没有因为天南地北国家的距离而产生隔阂，大家都是以文相交，倒好像前世便已相知，这次是约了异乡见面的。

如果没有张记书前辈搭的桥，或许我们都没有机会踏上这块蕴含著丰富历史底蕴的土地，并接受了那麽高规格的款待。每到一处，所有细节都安排妥妥当当，我们就像大老爷坐轿出游，什麽都无需理会，只需用眼睛去赏美景，用嘴巴去尝美味；用身体徜徉在山川灵气中，用心去感恩……

我和张记书前辈结缘於上个世纪九〇年代，地点就在开「世界华文微型小说研讨会」的会议上。因为大家都是微型小说的创作者，两年一次的会议若有参加总会碰面。他是个个性敦厚，胸襟宽大的长者，对於我们这些后辈总是提点照顾有佳。他的著作更是我们学习的榜样。张可是他女儿，当年像小布点似的带在身边。十多二十年转眼过去，岁月总会带来一些健康问题，后来就听说他身体抱恙没再出席会议了。去年的厦门采风，我们竟又在异地重逢，看他身体又硬朗起来，走起路来也毫不喘气，壮得很啊！

厦门一别才数月，好消息就飞进我的邮箱，听说他正与官

方联系，计画安排世界作家去邯郸采风，是不是能事成当时还言之过早，没想到旅游局相关单位对此项建议十分振奋，亲自派出处长与我们的团长心水联系，水就开始煮了……

豪华巴士沿著新郑机场出发，汇入京广高速公路，路过安阳便要在此处停歇，因为正有位贵客——福佳斯集团黄添福董事长在等著我们。他特从山东赶来，就是为了想宴请采风团一行人吃顿午饭。

黄添福董事长是交流协会团长心水的堂弟。犹记2015年的厦门采风，黄董事长全程包办，让我们从鼓浪屿走到武夷山，尽享了一次前所未有的精彩之旅。这次，他安排了我们参观了由他的集团所开发建设的国际花园东西区两大楼，只见大楼外分别高挂「热烈欢迎世界华文作家采风团莅临指导」红横额，大家心情开始激动不已，楼前的合照，欢快的笑容，烙印著一种情谊。游园完毕，盛宴上桌，一张能坐上三十个人的旋转桌子让我们大开眼界，摆上来的佳肴，道道美味，很多都是我们平时没有吃过或不曾看过的，从一张亲切有善的脸上，我们读到了他对我们的细腻心思满满地溢满心田。

从安阳到临漳，我们首站便到了有「三国故地六朝古都」的邺城，在邺城博物馆和佛造像博物馆里感受著千年文物所带给我们的震憾，曹操威武的塑像屹立在邺城遗址，一代枭雄还有故事要告诉我们吗？

邯郸宾馆，落脚的地方，正等候著我们这班他乡异客赶赴另一场盛宴，邯郸市旅游局局长苑清民、邯郸市作家协会主席赵云山、副主席牛兰学、还有多位知名作家都出席了交流会，

张记书也代表文联亮相了。从主人的口里我们进一步了解了邯郸这个历史古城；了解了它的文化背景，更惊讶原来它还是中国成语之都，一本厚重的《邯郸成语》赠於我们，承载著历史的文学，稳稳地压住了我们的心房，血急速川流著。

苑局长再三指出，邯郸需要走出世界，世界也必须认识邯郸，而我们的来到就是背负著讯息传递者的任务，让邯郸不止只是在中国人心里存在著，而是要打开邯郸，让世人看见。

黄粱梦吕仙祠带我们走入蓬莱仙境，能说会道的解说员在卢生殿说起唐人沈既济的小说《枕中记》的故事，卢生一枕入梦，梦见自己考中进士，连连升官，但又几经浮沉，几次遭受诬陷，亏得皇帝为他平反冤狱，後又出将入相，封为燕国公，娶了美丽的妻子，全家享尽荣华富贵，高寿八十一岁久病不治而亡。梦到这里卢生猛地醒来，只见店主人正在煮黄粱米饭，卢生惊讶不已，吕洞宾却笑眯眯地对他说：「人生之道，不就是一场梦吗？」

对啊，人生本来就是梦一场，只是凡人看不清，看到名利始终要抢，做官如何，做百姓又如何，最后还不是黄土底下的一堆骷髅，任由风沙把我们覆盖。

雨淅沥沥沥的打湿著游客的雨伞，不同伞面不同颜色，正似每个人的不同人生，都要在雨中清醒。

涉县一二九司令部旧址，揭示了当年抗战的艰辛事迹，简陋的居室和用具，深邃的防空洞没有刻意跟我们说任何曲折的故事，但我们都懂，故事有时不用靠说的，留下来的轨迹永远都会让人心知肚明。

吕仙祠没有带我们穿越时空，到时来到了有「华夏祖庙」之称的娲皇宫让我们有飞越登仙的感觉。中国神话传说中的女娲娘娘炼石补天，抟土造人之地，如今就在我们脚下，怎不叫人心里怦然……

只可惜雨没有因为客人的来访而有停歇的意思，反而绵绵不断，使我们无缘一睹娲皇阁上的八条铁索如何将阁与崖壁相系；无缘看见摩崖刻经这「天下第一壁经群」，我们只能选择昂头仰视，远远地想像著上面的胜景。

没有女娲，没有我们，我们都是她的土，渺小的沙粒，在大地里扮演著不同角色，或男或女、或痴或怨，有人如顽石点也不破；有人笑看人间。传说中女娲当年看到祥和的宇宙遇到山崩地裂，于是采五色石补苍天，如今地球上依然灾难处处，是天补得不够，还是人心让天裂了！

负责带领我们的领导人在大家无缘上山的情况下如此概述了娲皇宫的特点：一座吊楼，两种宗教，三个石窟，四组古建，五种刻经，六部经文，七尊塑像，八大功绩，九根铁索。

我们绕有兴趣的背诵著，好像企图把娲皇宫背在心里也就满足了。都怪雨啊，人说雨天留客，此时雨却滞留了我们的去路。

京娘湖隔天迎我以满满的朝阳，赵匡胤当年千里送京娘在此一别，从此留下了凄美的故事。但山水环绕、群峰竞秀的风景却让我们走入人间秀景中，仿如仙女用金丝银线编织出来，让我们目不暇给。团里的队友在下山时纷纷「冒险」去了，听说湖心滑索很是刺激，留下「愿意走路」的，环著山道一层层绕下，层峦叠嶂，川谷深幽，风徐徐追逐，又是另一番

赏景心态，放下一切，拥抱大地。

七步沟，在未抵达之前留给我们无限的想像空间，有人说是七步一沟，但在我脑海里盘旋的竟是武侠世界里最毒的一种毒药——「七步断魂散」，走七步便要魂断江湖。俗人的想像太夸张，只因为山里长了漆树，「漆铺沟」因此而来。七步沟景区的入口处张挂著「热烈欢迎世界华文作家看邯郸」横幅，再次让我们感动不已，这麽多天来，我们参观了那麽多景点，每到一处都能看到这样的红幅，都受到各领导单位的殷勤招待，他们的拳拳盛意，我们没齿难忘。

天门山以宏伟的壮势迎我们，白云禅寺里，几位虔诚的信徒点灯听经而去。纪念抗日牺牲战士的无名烈士碑离我们很近，大家都想去看看，可是发现要看碑是要付出代价的，几十级的台阶让大部分的人选择打退堂鼓，只有几人不到黄河心不死般慢慢拾级而上。高处一览无遗，远近的景致皆收眼底，突然发现树丛中有若隐若现的道观屹立其中，充满好奇，不知里面的道士过得是什麽生活，如仙般飘渺，还是其实也踏踏实实？

折返天门湖酒店，夕阳照在天门山顶上，打造出一片耀眼的金黄，摄在手机里，让它继续在他乡光照大地。

晚上旅游局的代表倪洋再三叮嘱大家要休息好，因为明天的行程可要攀爬近七百级的台阶，女士们於是个个胆战心惊，只有荷兰的池莲子爽快地拍著胸膛不当一回事。经过了多天的奔波，大家开始悄悄与池莲子有「不可告人的约会」——推拿与按摩。

北响堂石窟在峰峰矿区一个尚未对外开放的半山腰上，沿

路的修葺工作已经非常完善，因为还是禁区，我们成为了「侵入者」，幸好还有名堂，也就名正言顺。几天前的雨消失的无影无踪，今天的气温反而高了，大家都汗流浃背，拄杖的拄杖，边爬边歇，没有一个人临阵退缩。

说也奇怪，外面艳阳高照，石窟里却凉风阵阵，似开著冷气，绕著佛像一圈，除了有大的也有小的，但大的佛像很多已经没有了头部，现在有些还是仿造安装上去，让它们看来完整的。听说外国侵华期间，头都被带走了，现在都在国外的博物馆成列著。佛像通常都被誉为有灵气、神圣之物，那「头们」是不是也正在他乡用他们圣洁的眼睛回望著遥远的故乡，在暗夜里轻轻叹息，让积怨在博物馆的回廊上迂回飘动著……

民间陶瓷制作一直是中国文化最丰富的资产，虽然旧窑已不再生火，我们无法目睹当年烧窑的盛况，但地方和部分文物的保留，还有现代陶瓷制作的继续发展，让大家也可以在想像的空间里去重整当年的砖瓦。磁州窑富田遗址是一处朴实而又充满探究精神的地方，虽小，却有历史。

历史，或许无从记忆，因为年代久远，听来的都是故事，孰真孰假，但现代人物毕竟离我们比较近，於是我们知道「大名」是邓丽君的祖籍家乡。我们在博物馆里看到石刻、在天主教堂里听虔诚的信徒阐述教义、在馆陶画粮小镇看年轻的女子如何用谷物作画、看恬静的小村落人民过著与世无争的日子。太阳照在村屋的画墙上，充满朝气，画上七彩的步道让人踩上去仿如踩在彩虹桥上，又似在云端做一回逍遥神仙。

神秘的广府古城，是采风的最后一站，船从芦苇丛中划

开，远处屋舍的高处耸立著烟囱，没有黑烟喷出，四周一片宁静；绿水不断被前进的船只剪开，惊动了芦苇，在水里倒映著颤抖的样子；几只水鸟低低飞过，却似乎完全无视於我们的存在，逍遥地穿过芦苇丛向天飞去，在碧蓝的天空里自由翱翔。

到甘露寺参拜是张可特别为采风团安排的一个节目，潜心学佛的她让我们在整个行程中处处看到无私奉献的精神与宽大的胸怀。甘露寺的住持究诚法师亲自以佛教仪式接待我们，还为我们送上哈达和挂珠。重修後的建筑巍峨庄严，一旁的听经堂内，一本心经一支笔正等待著我们凡夫俗子把心放下。

依依惜别在邯郸，我们又坐车回到郑州，为各自的行程赶路。一趟旅程，我们怀著深深的敬意，开始一段美好的际遇，走入历史，走入山水，在大自然里浸润，最後，回归，载著满满的收获，对人生，开始从另一个角度思索……

娲皇宫

沈志敏

　　1990年赴澳。至今已有一百多万字的文学作品，分别在中国大陆报刊、台湾报刊，美国华语报刊和澳洲的中文报刊上发表。并屡屡获奖，第一篇中篇小说「变色湖」获中国大陆2000年世界华文小说优秀奖，2006第一部长篇小说「动感宝藏」获得2007年台湾侨联华文著述奖小说类第一名。散文「街对面的小屋」获得首届世界华文文学星云奖优秀散文奖。长篇小说《堕落门》获得澳洲南溟基金赞助，第三部长篇小说《情迷意乱-澳洲那辆巴士》。此外，还有不少作品在澳洲华文文坛产生过一定影响。其文学创作情况已被收录于中国大陆「海外华文文学史」第三卷（鹭江出版社），「华侨华人百科全书」文学艺术卷（中国华侨出版社）等辞书之中。

三千年的追问

——邯郸

　　三千年前，那座城池已经在这片大地上开始构筑。而後的岁月，那座古城一次一次地被摧毁而又被重建，然後一次又一次地埋入地下，秦砖汉瓦沉睡在一层又一层的深厚泥土下面。如今，同样有一座城市建立在那片厚土之上，「邯郸」一个始终没有被几千年尘埃埋没和改动的姓名。

　　我们的车辆奔驰在这片古代中原大地上，那些行将成熟的庄家，那远处太行山的曲线，那乾枯的黄河故道，那绿黄镶嵌的大地和蓝色的天空都似乎在告诉我一些东西，当车辆进入一条长达数千公尺的山洞隧道内行驶的时候，彷佛正在走进黑暗的历史深处。祖辈们在那片深厚的黄土地上演绎著一幕幕的戏剧，各种各样的理性和非理性组成的剧情让后来者眼花缭乱，历史的演绎为什麼是这样的，而不是那样的？历史经常露出各种可疑的的面目，使得後来的寻找者对於那些残缺不全的形迹做出各种各样的注释和猜疑，那麼它的真实性和逻辑原因究竟在哪一捧泥土之中呢？我似乎成为了一个历史的追问者。

赵武灵王和秦始皇

「赵都」这个名称经常能在邯郸街上映入大众的眼帘，可见两千多後的人们仍然将邯郸的光环套在赵国建立首都的岁月中，那是他们心中不可磨灭的光荣。

邯郸城里最为著名的旅游景点是武灵丛台，相传在西元前三百多年的时候，这个不高的山坡上，赵武灵王意气奋发，阅兵赏舞，这位王者留下最有价值的遗产就是「胡服射骑」。由此让人意想到，历史往往会在一个技术层面的改革中走向意想不到的全面变化。改变习俗，穿上胡人的短衣长衫，便於骑马和射箭，赵国的国势就是从这个简单的服装改变中起始，走向兴旺发达，开辟了千里疆域，成为战国七雄之一。

赵国东面有傍山依海的齐国，西面的魏国已被更西面的虎狼之秦吞没，但是坐落在中原大地上的赵国的强大之势并不在东西的两个强国之下，它的强大足迹能在考古中获得证明，战国时期的邯郸城区可分为赵王城和郭城两个部分，两城相近百米，王城约五平方公里，平民居住的郭城东西宽约三千两百米，南北长四千八百米，在两千多年前，这当然是一个规模巨大的城池。当年有三个数十万人口的繁华大都，齐国的临淄，楚国的郢都和赵国的邯郸，从邯郸学步等许多古典成语中，可见当年这个时髦之都的荣耀和色彩。而那个时候，秦国的咸阳还只是荒凉西部一个不起眼的都城。

另外还有一个反向的证明，据史书记载，秦国军队打败赵

军的长平之战，曾经活埋了四十余万的赵军俘虏。想当年，能够拿出四十多万军队来打一场大仗的国家，可见其当年强大的态势，遗憾的那是一场败仗。

武灵丛台也许只是一个传说，从这个山坡上的亭台楼榭里眺望，半个邯郸城可以收入视线，那麼赵武灵王的箭究竟能够射多少远呢？而这支箭最后却被那个纸上谈兵的赵括折断了，在长平之战中葬送了赵国的梦想。假如没有这个高谈阔论的低能儿，赵国是否能够改写自己和其他诸侯王国的历史呢？

阻挡在秦军东进途中一个最强大的障碍被消除了。都说秦国能够战胜列国的原因是采用了法家精神，进行了各方面的改革。可是当时诸国都在进行改革，为什麼一统天下的辉煌成果会落在由西面而来的那个野蛮的国家身上呢？其实，秦始皇的「奋六世之馀烈」，是有许多原因综合起来而造成的。而邯郸城里的一段诡秘的隐情也酿成了一个历史原因。

据史记记载，秦皇嬴政本名叫赵政，应该是商人吕不韦和赵国舞女赵姬所生的儿子，并非帝王的贵冑，在古代讲究宗法门第的社会，是一个重大的原则问题。当时之情节，还在娘肚子里的孩子已经被移花接木到在赵国做人质的秦王子孙子楚的身上……

《秦始皇本纪》里有这样一句不起眼的言语：「秦王之邯郸，诸尝於王生赵时母家有仇怨，皆坑之。」就是说秦王嬴政得胜回到邯郸之时，大开杀戒。这个由赵国水土粮食养育起来的人，为什麼会对邻居街坊有如此深仇大恨呢？当年，子苏出走後，赵姬带著幼儿躲入邯郸郭城的某一个角落。这个幼童在

那个阴暗的角落里长成儿童，从小孩出落成一个仇恨世界的少年。突如其来，他被接回秦国，又不明不白地变成了王太子，刚过了三年，就像从一场梦中醒来，他又摇身一变成了秦王嬴政。一个赵国血脉的儿子却利用秦国的王位最后消灭了自己的祖国，然后将自己打扮成伟大的始皇帝，这就是历史的诡谲之处。

战国烽火在夕阳中终於化为一丝叹息，一个东方大国的雏形在寒冷的金戈铁马中分娩出来。秦始皇无疑是一个伟大的帝皇，在普通民众的观念中，他冷酷的暴行掩盖了他辉煌的功绩，以至於他所创建的皇朝在短短的十四年後就寿终正寝。为什麽一个能够打败六国的强大皇朝又会如此的短命？最为著名的说法就是：「仁义不施而攻守之势异也。」秦始皇是「续六世之馀烈」後的「第七烈」，秦二世胡亥大概属於「第八烈」，其暴烈的程度越演越烈。期间的一步步的走向成功和迅速的走向溃亡似乎都和那个「烈」字有关，为什麽「暴烈」会带来成功，也会带来失败呢？历史的各种因果关系是很微妙的，也是永远可以让後人咀嚼的。

从邺城到铜雀三台

邯郸城在秦皇朝时被设为全国三十六郡之一，後来在秦朝暮年的战乱中被秦国大将章邯夷为平地。在西汉时又被重建，成为富冠海内的汉代五大名都之一。

汉皇朝接受了前一个短命皇朝的教训，让自己的寿命延伸了四百多年，而後在过度的武力炫耀中，也开始走向衰落和崩

溃。当时之势，烽火弥漫，在各地起事的纷乱状态中，邯郸临漳境内的邺城担当起一个举足轻重的角色。

如今崭新的邺城博物馆坐落在当年邺北城中轴线的的延长线上，踏进宽广的院落，高大的曹操佩剑雕像迎风屹立，浮雕、汉阙、景观柱，汉魏风格迎面袭来。邺城最为辉煌的时期当数汉朝暮年的三国时期，被曹操定为都城。

曹操和秦始皇一样，身上蕴藏著太多的让人琢磨不透的谜语，而且在他的心胸中还多了一些锦绣文章：「白骨露於野，千里无鸡鸣。生民百遗一，念之断人肠。」他的诗词中不仅仅显露出建安风骨的文采，也体现出一个政治家关怀民众疾苦的悲情。

真是如此吗？「挟天子以令诸侯」是一个不为大众道德观念所接受的阴谋，「宁教我负天下之人，休教天下人负我」赤裸裸地展现出一个篡权夺位者极端自私的嘴脸。这是後来小说家的描绘呢，还是他真实的面貌？也许两者都有。历史上，不少伟大而又冷酷的人物身上，都流淌著两律背反的血液，以至於让後人难以理解和评说。

铜雀三台是邺城留下来的真实遗址，确切地说，当年曹操的都城只留下金凤台下的一座残缺的土坡，上面的建筑也是後人凭据想像而建造起的，另外两座楼台——铜雀台和冰井台早已在泛滥的漳河水中消失。据说当年这三座高台上筑有宫殿楼房数百间，气度非凡，三台之间还有两座桥梁相接。

诸葛亮翻唇鼓舌说：「揽二桥於东南兮，乐朝夕之与共」，故意将「两桥」的谐音演化为两位美女大乔小乔，激起

了周瑜和孙权的满腔怒火，于是乎蜀汉和东吴的抗曹联盟结成了。当赤壁兵败之後的曹操听到此说，他最想做的就是咬掉诸葛亮的三寸不烂之舌。

人言能说出真实，人言也能扭歪事实，人言能记录历史，人言也能修改历史，人言甚至会让山河地理搬家。君不见，後来苏东坡的一曲「赤壁怀古」可为佐证。

太极拳和基督教

曹魏以後，西晋、东晋、南北朝，在邯郸周围的这片沃土上曾经有六个朝廷在这儿建都；隋、唐、宋、元、明、清都在这片土地上抹下浓厚的色彩。唐宋时期的大名府，宋元时代的池州窑，元明时期的广平府故城等等，在这片原野上到处都留存著各朝各代的古迹，你只要随意地呼吸一下，就能够嗅到太多的历史气息。「砰砰砰」让遥远的回音直接穿越到近代社会吧。

在高大的广府故城上极目远望，四周的河流田地山峦尽收眼底，那是一幅自然人文镶嵌的图画。这让我想起聪明的华夏祖先，他们在数千年前就设计出一种阴阳互动的图案——「太极图」。太极是天地万物的根源，阴阳二气推衍出人类万物及其关系。从这种理论中演化出古代中国的农学医学天文学等等。

当历史的脚步走到达十八、九世纪，在永宁广府的土地上，一位名叫杨露禅和他的後辈及弟子们运用阴阳太极的意境开创出一种拳术——一百单八式的杨氏太极拳。同在这一地区的一位名叫武禹襄和他的弟子们却开创出练意练体和养气蓄神

三结合的武氏太极拳。由此这里成了太极拳的故乡。至今华夏大地上，广大民众练习的太极拳程式，大多来源於这个地方。

为什麼一种解释天地演化的古典理论能够踏破三千年风尘，还能在近代和一种人类的行为有机地结合在一起呢，还能在科学化的当代仍然焕发出它无穷无尽的魅力？同样是这个古典理论在漫长历史上也经常通过算命测卦等等玄学，把国人的大脑引向含糊其辞的岔道，今犹如此。这个问题至今让东西方学者们苦思冥想。

当中国历史从皇帝的纪元开始被西元世纪替代时，一种从西方而来的巨大冲击力产生了，那怕是在一座座沉睡的东方古城之内。大名古城里最为出众的建筑是一座名叫「宠爱之母」的天主教堂。这座哥特式风格的建筑面积为一千四百四十平方米，钟楼和礼拜堂合成一体，其宏伟的规模一点也不亚於北京上海等大城市里的西洋教堂，它始建於1918年，至今也有将近百年的历史，建造的款项来自於法国从中国获得的庚子赔款。

「庚子赔款」是近代中国的屈辱。还有一个众所周知的事例，建造「清华学堂（清华大学）」的款项来自於美国从中国获得的庚子赔款。八国联军在中国土地上的横行和掠夺，无疑让中国人产生了仇恨和悲情。

强大的历史脚步在迈行时也会生成自己的逻辑意向，其中既包含著强盗逻辑，也夹带著绅士逻辑。假如说没有西方的炮舰轰开东方的大门，就不会有西学东渐，也不会在东方世界萌生现代社会的概念；如果没有外来的冲击力，难道古老的中国不会在封建时代的惯性中再延续百年甚至千年吗？也许至今在

我们的脑後还留著粗长的辫子。历史的变化有时候就是如此的别扭，就像硬是剪断了人们的辫子。

当古老的太极和外来的基督相遇时，中国已经走到了新世纪的门口。

荀子的千年困惑

如今的邯郸只能算是中国数百个城市中普通的一个，如果以邯郸地区深厚的文化底蕴为排名，肯定可以排列在中国古典城池的前茅。据说出自邯郸的成语有二百多条，各朝各代的历史故事成千上万。从中国的历代版图中可以观察到，古代华夏文明的区域，如同在中原大地上滴下一点浓厚的墨汁，然後朝四周渗透蔓延开来，在数千年後，形成今天中国的版图。其实这种渗透和蔓延不仅仅是地域上的，更为重要的是文明的渗透和文化的传播。

在邯郸一条繁忙的大街上，我看到了一座不起眼的荀子雕像，听说还有一所以他名字命名的中学，仅此而已。如果以荀子思想理论的深度和高度为尺规，总让人感到历史和现实对於这位伟大的文化人有点儿冷漠和寒酸。

荀子最让人敬仰的应该是「实事求是」。他在「天论」中指出天道的运行有自己的法则，不是为了古代的圣人尧而存在，也不是为了古代的恶人夏桀而消亡，而只有当人们去适应自然界规律时才能够健康地生存和发展。那麽人们究竟是性善还是性恶才能适应於自然规律呢？於是他从每个人的生存动机

来做出解释，人们为了生存而进行竞争或者产生合作，发动战争或者组成国家。这种说法似乎更加吻合於数千年来社会演绎的经验事实。而他的「性恶论」有点像基督教哲学的东方式的翻版。

荀子理论更大的闪光点是，把世界所有的物理人事的发生，都归结成某种因果关系。「物类之起，必有所始。荣辱之来，必象其德。」於是乎，自然界和人类社会的各种现象，就在前因中产生了後果：「积土成山，风雨兴焉；积水成渊，蛟龙生焉。积善成德，而神明自得，圣心备焉。」而这种因果并非发生一次後就完成了，而是前因成为了後果，後果又变成了以後事物产生的前因，各种事物综合在一起，前因後果交叉衍生，构成了社会人文的基本表达方式。

我感到，如果按照荀子的逻辑思想发展，也许古代中国能够更早地产生科学启蒙的思想，他有点相似於古希腊的亚里斯多德。可惜在他的身後，中国历史上再也没有出现一位像样的逻辑思想的分析者，唯理的分析哲学夭折在它的萌芽状态。

春秋战国时代的百家争鸣的曙光消失後，中国古典哲学滑入了狭隘的道德哲学的轨道，儒家的一代代的经学家们虽然认同荀子为大儒，却反感於他的「性恶论」，使得这位哲人的一束束智慧之光沉睡在历史的黑暗深处。

我认为，在今天科学昌明经济发展的大时代，作为荀子的故乡邯郸，有理由担负起全面研究荀子思想之重任，弘扬古文化中的精华部分。我还认为，荀子的历史地位应该放在众多的帝王将相之上，其理由是历史的健康发展往往来源於某些正确

进步的思想，而不是一代代帝王将相在千百年历史中反来复去的闹剧和表演。所以应该把这位中华民族的古代智者放在更加崇高的地位。这将是後辈对於历史前辈思想者的尊敬。

❀ 林楠

　　华裔满族作家。2000年移民加拿大，定居温哥华。曾任加拿大神州时报总编辑、加拿大大华笔会会长。现任加拿大华人文学学会副主任委员、世界华文作家交流协会副秘书长、世界日报《华章》编委、香港橄榄叶诗报荣誉顾问，加拿大商报文学副刊《菲莎文萃》顾问。作者以其个性散文及审美批评文字的清漪、明快、透辟和敏锐，获得读者、特别是作家的喜爱。作品入选《当代世界华人诗文精选》、《北美华文作家散文精选》、2015年中国「世界华文散文诗年选」等。

　　旅加期间，积极传播中华文化，热情创办文学副刊，倾心提携文学新人，为繁荣华文文学事业做出了贡献。近年来，其文学创作和文学活动，日渐为社会瞩目。（文野长弓）

邯郸印象

这仅仅是一些浮光掠影的邯郸印象，只能算是对邯郸容颜的粗略记述，充其量算是导览。真正需要的是人们能以虔诚、开放的心胸去通读邯郸，体悟邯郸。今天，在全球化语境下，重新叙述邯郸，重新展示邯郸，学习、借鉴邯郸的文化态度，对戒掉浮躁和防止概念纠结，似乎会提供一些十分有宜的帮助。

2016年初夏，世界华文作家交流协会例行的采风活动，得到邯郸市旅游局的邀请，采风团由世界四大洲十多位作家组成，秘书长黄玉液带队，历时七天，为饱览这个历史名城的崭新面容，在邯郸这块热土上，海外作家们翻山越岭，连日奔波。

亲临邯郸，感觉邯郸比想像中要辉煌得多。邯郸古文化的厚重；邯郸现代化的气息和节奏；邯郸城市的活力和想像力；邯郸人的精神面容，邯郸人迈向未来的步伐和气概……留给我们震撼性的印象。

旅游大巴在初夏的华北平原上欢快地行驶著，眼前摇过一组又一组历史记忆与现实景观交错迭印在一起的有关邯郸的各

种镜像——燕赵大地；华北平原；百里太行；国家级历史文化名城；太极之乡；园林城市；成语典故之都……将镜头聚焦，有黄粱梦、吕仙祠、毛遂墓、学步桥；还有，「九千将士进涉县，三十万大军出太行」……每一组画面，都凝聚著中华文明的恢宏气势和智慧的光芒。

从战国时期赵国建都起，至今，邯郸已历经了近三千年的风云变幻。赵武灵王、蔺相如、秦始皇、王莽、毛遂、公孙龙、曹操、刘劭，皇甫晖、王君鄂、李存勖（五代後唐皇帝）到新中国第一任最高人民法院第一副院长，司法战线著名的领导人王维纲，这一个个闪耀著历史光芒的名字，都是邯郸人。毛泽东主席说「邯郸不同於北京、上海，邯郸要复兴的。」在邯郸这块文化沃土上生成并流传於世的成语典故，就有成千上百条。呵，好一个邯郸，你的历史纵深度是留在时空壁上光芒四射的、永世抹不掉的金色光辉！

感谢东道主的精心安排，我们在太行山下，在浓重的邯郸古文化和现代化进程有机衔接和交汇的围氛中，饱赏了邯郸文明的十多个经典。

走进邺城古城遗址。眼前的一切，顿时让我们情绪回荡。以往，提到中华民族的建筑文化，我们总习惯於谈北京，谈洛阳，谈南京，谈西安。谈这几个历史古都的建筑构思和布局。当然这不无道理。毕竟是历史上多个朝代定都的地方。然而，到了邺城才知道，所有这些闻名於世的古都，其建城构思，完全取自於邺城。有据可查，北京故宫建於西元1406年，而邺城始建於西元213年。比故宫早一千两百年。好一个邺城！

茫茫岁月风尘，怎能遮盖住你的文化光芒。

恢宏的邺城博物馆哟，远远盛不下古城的神秘和你的历
史辉煌！

　　我们乘坐的旅游大巴不知不觉中，梦一般驶进了黄粱镇。
黄粱梦吕仙祠，据称是中国维一以梦文化为主题的旅游景区。
充分展示中国儒家道家「无为是永恒、出世是正道」的哲学理
念。如果说，明清建筑是她的历史背影的话，那麼，整洁的街
道，现代化的生活节奏，黄粱镇人脸上灿然的笑，已是黄粱镇
今天的精神面容。

　　八百多年前，元好问的诗句：

　　邯郸今日题诗者，犹是黄粱梦里人

　　不正是说给今天我们采风团作家听的吗？

　　抵达涉县时，已近中午。初夏的阳光，暖暖照下来。太行
山在光影作用下显得犹为壮观。「九千将士进涉县，三十万大
军出太行」，生动地道出了涉县人民对中华民族战胜侵略者做
出的历史性贡献。这一壮举，自然吸引了我们的兴致。冼星海
「太行山上」的旋律顿时在心中升起；李伟导演的电视剧《在
太行山上》的片断，阳明堡战斗的残烈，一一在眼前略过。不
管什麼时候，涉县人民用鲜血铸成的这段历史影像，都会给人
们注入精神力量。

在参观了刘伯承、邓小平办公室时，作家们都纷纷留影。之後，主人在八路军一二九司令部大伙房为我们安排了有特殊纪念意义的中饭。席间，还穿插了歌颂八路军战士的小节目。亲临革命老区，耳畔有太行山的风云在回响，欣赏著，咀嚼著那个大时代的风烟流韵，心情变得格外深沉。

涉县的另一个亮点是娲皇宫。娲皇宫始建於北齐，距今已有一千四百多年。史载这里是文宣皇帝的行宫。高洋帝以邺为都城，以晋阳（今山西太原）为陪都。文宣帝高洋「信释氏，喜刻经像」，在这里逐渐形成了规模。後经历代修补，成了现在的样子。於是，女娲用彩石补天的神话故事，便以特殊的美学涵义，永远留在中华民族的文化记亿里。

告别涉县，我们来到武安县京娘湖。京娘湖处於武安市西北部山区的口上村以北，导游说「口上水库」的称谓由此而来。早就听说京娘湖有「太行三峡」的美喻。亲临此地，感受犹为深刻。而更为特殊的一点，或称更具不朽意义的，是有关赵匡胤的一个故事，这个故事不是传说，是史载，是真人真事，即这位宋太祖千里送京娘的故事以及他为此留给後人的那首《咏日》诗：欲出未出光辣挞／千山万山如火发／须臾走向天上来／赶却残星赶却月。

这个关於纯贞爱情的故事，为人们世世代代传颂著。世华作家们不无戏言：在京娘湖办个培训中心，把宋太祖千里送京娘的故事印出来做教材，组织干部轮训。

导游将七步沟的景点列出一大串，著名的就有天门山、山门、滑雪场、南天柱、天门湖、百瀑峡、天镜湖、罗汉峡和

一二九师战备医院。

天门山奇在顶部平坦，地质学称为方山。这种山貌在地球上并不多见。我在想，这不正好给改革开放的武安县提供了一个天然生成的直升飞机起降场吗！也许将来的某一天，参观七步沟的游客会在天门山的机场聚散。

山门的建筑恰到好处地把握了汉代的风韵，当地人为展示汉代文化的气势下了很大功夫。著名书法家欧阳中石题写的「七步沟」，也与这种气势相谐。参观山门，面对山门建筑的美学追求，人们自然会想到，对于中华古文化精髓的把握和继承，绝不是简单模仿就能了事。

七步沟的滑雪场显然具有吸引八方来客的魅力。滑雪场设有庞大的人工造雪系统，雪质好、雪量大、雪期长。已达中级国际标准。

我们达远望见拔地而起的南天柱。独立大地，耸入云端，当地人称它为「生命之根」，如果更准确地表述，应该是雄风的勃起。引用著名文学评论家陈瑞琳的话，是「男人的豪迈，男人的传奇，男人的表达。」七步沟的南天柱，完全可以与丹霞的阳元石比雄，比美，比气势！凝望南天柱，不由联想到明代大才子李永茂的诗句：「孤留一柱撑天地，俯视群山皆子孙」。

天门湖景观可谓瀑布流泉大汇演，此地古来一直流传着「百瀑峡」的称谓。是七步沟灵性的凝聚。是天然的、凉且爽的避暑胜地。

罗汉峡大约因有五百罗汉的塑像而得名。左降龙，右伏

虎；左腾云，右驾雾。排列相当讲究。

游览七步沟，最让人驻足留连，最令人深思的，当属八路军一二九师医院。抗战期间，刘伯承，邓小平曾亲临医院看望从前线退下来的伤病员。说是医院，实际上只是几间黑黑的小平房。小平房里，沿墙摆著几张老旧的窄条木桌，想必是当年的手术台？在缺医少药的战场上，负了伤的战士，在这里，能得到什麽样的治疗？走进这医院，依稀能听到隔著时空的撕心裂肺的呼叫。因为人人都知晓，当年没有麻醉药。伤口处置后要缝上，炸断的腿要截掉，或者是接上……就算医生医术高超，又能怎样？我从此时此刻的时空回响中，领悟到一个民族精神力量的哲学阐述——什麽是有，什麽是没有；什麽是能，什麽是不能……

一二九医院现已辟为爱国主义教育基地。

赴峰峰。

到达北响堂寺石窟参观时，正赶上冀南豫北初夏的艳阳天。在烈日炎炎，光照强烈的焦燥下，还须攀登数百级台阶。这对年长一些的采风团员来说，并不是一件轻松的事。还好，打眼看到峰峰县漂亮的旅游局长和漂亮的导游小姐，给人平添一份爽心的鲜艳。

史料介绍，北响堂，南响堂始凿於北齐年间，之後，隋唐宋明各代均有续凿，是当今研究佛教、建筑、雕刻、美术、书法的重要资源。属国家级重点保护文物。局长和导游带领我们参观的是北响堂山石窟中规模最大的大佛洞。资料显示，大佛洞深十一点八米，宽十三米，高十一点四米。可以想像，在

顽而固的山体石头上，人工凿出这样一个洞，是何等艰难的工程！而更令人叹为观之的，不只是凿出一个大洞，还有与洞连成一体的雕塑艺术品。其整体布局、装饰集中显示了北齐时期艺术性最高超的雕刻精品。当代学者认为，北响堂石窟这些雕塑，在中国古石窟艺术向唐代写实风格的演变中，起著承上启下的作用。对於北响堂石窟的文化意义和艺术地位，我们有了初步的了解。但是，感叹之馀，油然生出遗憾，在大佛洞内，几近所有重要的佛头，都被盗贼切掉。是哪个环节上出了的疏漏？这些珍宝今在何处？眼下，我们能做什麼？怎麼去做？直到现在，这个问题始终在我脑海里排解不掉，那就是导游为什麼没把这个问题安排在她的解说词里？

走进磁州窑现场，立刻发现到各个朝代经典瓷窑的精巧摆布——明代、清代、民国……共十座窑，其中古窑五座、古泥池三个，另外还有古井、碾槽、耙池、碱窑等遗存。均完好地保存著原来的样子。文物古迹，间距如此集中，排列如此井然，十分罕见。

瓷窑分官窑与民窑两大体系。磁州窑在民窑体系中是中国北方最大的、保存最完整的一家，可谓是古代民间陶瓷最辉煌的典范。因古磁州而得名。磁州瓷渊源流长。资料记载，早在七千五百年前的新石器早期，磁州的先民们就已经能够烧制陶器。在峰峰以北二十公里的磁山新石器遗址中，出土有加砂红陶和加砂褐陶器，是新石器时代已知的最早的遗存，这个遗址考古界命名为「磁山文化」。「磁山文化」，这应该是一个时代精神的文化学表述。难道不觉得，通过磁州瓷熠熠闪耀的光

点，通过峰峰大家陶艺博物馆的陈设，你感觉到的，何止是精美的陶艺制作，分明感觉到一种更大的气势，那就是穿过荒蛮的历史尘埃，让你听到了人类文明演进的节拍。

武灵丛台，位於邯郸市中心，为古建筑类文物。武灵丛台始建於战国赵国武灵王时期（西元前325至前299年）。邯郸称赵都，与此不无关联。

称「丛台」，是多朝代连建垒列而成。我们到此争先恐後登上丛台，领略赵武灵王和历代君王观看歌舞和军事操演的派头。据史书记载，唐代大诗人李白、杜甫、白居易等曾多次登台观赏赋诗。李白有「歌酣易水动，鼓震丛台倾。」的诗句。这里的「丛台」，不知是否指武灵丛台。

今天的丛台，已在清代建筑的基础上，增扩了绿草坪，休闲坐椅和人行道，也增设了几处广场舞平地。游人穿梭，从容而自得。

在参观明朝古城墙和瓮城之後，我们一行兴致勃勃地走进大名宠爱之母堂。经过各种政治风暴摧枯拉朽式的洗礼之後，这座始建於民国七年（1918年）的天主教堂仍然保存完好。法国传教士的後裔，对这座教堂，必存极大的兴趣。从这个小小的细节看出，一个民族的文化天性，无论经历怎样的折腾，也不会被磨灭的。这也应该是一个大时代的政治宽容度。

广府古城保存完好的弘济桥，是赵州桥的姊妹桥。弘济桥为石拱桥，坚固结实且美观大方。似长虹飞架，造型十分壮观。采风团一行下车细细观览留影。

我们的采风接近尾声了。此一行最突出的印象是，邯郸

具有无可比拟的历史文化积淀。经漫长的时光砥砺，已被世世代代接受传承，且被升华。这是永远值得邯郸人骄傲的；另一点随之产生，邯郸人对历史的尊重和爱惜，是邯郸人伟大的智慧。余秋雨有句话说得很深刻「任何古代文明都有宏伟的框架，而它们的最高层面又都以史诗的方式留存。」邯郸人啊，你们用自己的纯朴、善良和心智，谱写了这部史诗。一座城市的魅力和吸引力，主要取决於这部史诗的厚重和史诗的文化浓度。邯郸，在这一点上，在全国所有地区级城市中，你是排在最前面的。你绝对是当之无愧的。

从邯郸市旅游局官员口中得知，邯郸市现代化城市建设总体规划，已经国务院批准。对於邯郸市这样一座国家级历史文化名城，如何发展，如何迈开现代化步伐，规划者显然是结合邯郸历史文化古城的特质，研究了多门学问，倚科学发展观精神为指导制定而成，规划对城市规模合理控制；对城市基础设施体系的进一步完善；如何创造良好的人居环境；如何保护历史文化名城的风貌特色……等等，均做出了详尽的、有远见的安排。

从规划涉及的方方面面，可读出邯郸人的生活热情，邯郸人从容的心态，邯郸人的远见卓识，邯郸人的人文积淀，邯郸人的现代化眼光，邯郸人的精神境界和对人类文明忠贞不瑜的追求。一座历史文化名城，正以崭新的姿态，大踏步走向现代化的未来。

笔者这些浮光掠影的邯郸印象，只能算是对邯郸容颜的粗略记述，充其量算是导览。真正需要的是人们能以虔诚、开放

的心胸去通读邯郸，体悟邯郸。今天，在全球化语境下，重新叙述邯郸，重新展示邯郸，学习、借鉴邯郸的文化态度，对戒掉浮躁和防止概念纠结，似乎会提供一些十分有宜的帮助。

2016年8月9日，初稿於加拿大温哥华。

左起：林楠、心水与牛兰学摄于馆陶

朵拉

原名林月丝，出生於槟城。专业作家、画家。祖籍福建惠安。在中国、台湾、新加坡、马来西亚出版个人集共四十七本。曾受邀为大马多家报纸杂志及美国纽约《世界日报》、台湾《人间福报》撰写副刊专栏。现为中国大陆《读者》杂志签约作家、郑州《小小说传媒》签约作家、世界华文微型小说研究会理事、世界华文作家交流协会副秘书长、环球作家编委、中国王鼎钧文学研究中心特邀研究员、大马华文作家协会会员、浮罗山背艺术协会主席、槟城水墨画协会主席，马来西亚TOCCATA艺术空间总监，槟州华人大会堂执委兼文学组主任。莆田学院文化与传播学院客座教授、泉州师院文学与传播学院客座教授。

美梦之乡

　　午餐过後没时间午休便到了「蓬莱仙境」。这四个嵌在道观前院南边照壁上的字，据说是吕洞宾亲笔书写。其实我们是到供奉道教著名八仙之一吕洞宾的「吕仙祠」参观。下车时虽然有雨，却没阻碍游兴，迎客大门上绿色琉璃照壁，启功先生题的「邯郸古观」匾额高高在上。中国寺庙道观大门多朝南，「吕仙祠」大门却向西。一说是吕仙祠西边当年靠古御道，道上车水马龙，行人如鲫，大门朝西便於人们朝拜进香；另一传说是邯郸西部有座紫山，常年紫气萦绕，寺门向西有利道家修炼聚纳紫气。道观既名「吕仙祠」，供奉的应该是吕洞宾，叫人意外的是当年路过此地的书生卢生，因为做了一个梦，抢走了风头。我们皆为黄梁梦而来。

　　卢生是唐传奇《枕中记》的主角，原名卢英，字粹之。作者沈既济把唐开元年间，一个屡试屡败的不得志书生，在邯郸市北十公里处的客栈，遇见道士吕翁（後人传说是吕洞宾）的故事写下来，流传至今。怀才不遇的卢生向吕翁诉苦，自认命运不济故屡考不中。言谈间客栈主人正准备要煮黄梁，吕翁从行囊里取出一个两端有窍的青瓷瓷枕递给卢生说：「你先睡一

觉吧」。卢生发完牢骚，枕上青瓷枕即进入梦乡。他从青瓷枕的孔窍走进去，竟回到山东老家，娶了貌美如花的妻子崔氏，考中进士。此後官运亨通，步步高升，一直做到宰相的职位，生五个儿子，全是高官，媳妇皆高门之女，儿孙满堂。享尽人生富贵，八十岁命终时，卢生突然醒来，发现自己还睡在客栈里，周围一切如故，甚至连客栈主人在炊的黄粱饭也还没煮熟。卢生因此感悟人生如梦，放下想要追求的功名利禄，跟随吕翁去求道。

吕洞宾在唐朝把卢生带去深山求道，一直到明代重修此祠时，负责设计的师父在照壁准备四块青石板，请来许多书法家题字，却无一合意。一日突然跑来个叫花子，闲逛至南墙下，顺手抄起扫帚，蘸著剩菜汤在青石板上划拉开来，监工见状把他赶跑，之後用清水冲刷，青石板上显出「蓬莱仙」三个字。吕洞宾正是蓬莱仙呀！结果四块青石只写三个字。清乾隆年间，乾隆皇帝下江南，路过这里小憩，听道士讲述并看到龙飞凤舞的「蓬莱仙」後，想了一夜，隔天补个「境」字。导游指著最後一个字说：「『御笔不如仙笔』，人人都说乾隆虽贵为天子，却是肉体凡胎，比起前三个字的仙风道骨，『境』字逊色太多了。」

一行人听说是神仙和皇帝合作的书法，纷纷过来合影。雨还在下，时大时小，撑伞有些不方便，有的景点便忽略了。照相时看见中国原书协主席沈鹏笔法潇洒的对联「蓬莱仙境蓬莱客，万世儒风万世诗」挂在当年原是道士炼丹的丹房，故称「丹门」，门上悬著首都师范大学教授欧阳中石题的「泽沛

苍生」匾额，「经过此门者，好运常相伴」。不迷信的人也乐意接受，丹门内一道水堤走向八角亭，两个水池皆种荷花养鲤鱼，游客缓步流连因为人人都在拍摄，经过八角亭後的午朝门进入「神仙洞府」。在首座大殿享受第一缕香火的是吕洞宾的老师汉钟离，这座道观完全体现了中国人尊师重道的精神。吕祖殿就在钟离殿的後面，门楣横幅题「孚佑帝君」是元代对吕洞宾的封号，「道院光招蓬莱客，玄门常会洞中仙」对联告诉游客这就是吕洞宾的供殿，壁上画满吕洞宾的生平事迹。

中轴线上最後一座大殿门两侧的对联「睡至二三更时凡功名都成幻境；想到一百年後无少长俱是古人」，浅白易懂却内涵深刻的哲理，终於来到我们寻找的黄梁梦主角「卢生祠」。祠外有人在点燃香火，祠内有人围著被香烟薰得像黑人一样的卢生，双目紧闭，侧身而卧，似乎仍在梦中。大多游客并没注意观看周围墙壁描绘的卢生梦境图画。游客更在乎的是「摸摸头，啥都不用愁；摸摸肚子，富贵荣华一辈子；摸摸脚，啥都有……」流传的言语因为充满世俗人间的诱惑，游客连排队也顾不上，争先恐後摸头摸脚摸肚子，卢生也因为游客长期抚摸的汗渍而全身光滑亮泽。

一场黄梁美梦叫卢生清醒了他自己，从此明白功名利禄一场空，荣华富贵一场梦。沈既济的《枕中记》之後，这个梦一而再地被改编和续写。唐代李公佐的《南柯太守传》，元代马致远的杂剧《黄梁梦》，明代有汤显祖的《南柯记》和《邯郸记》，清代蒲松龄的《续黄梁梦》等都是。研究学者认为《枕中记》对经典名著《红楼梦》产生极深刻的影响。黄梁梦

反映出中国儒道两家的「无为是永恒，出世是正道」的传统思想，邯郸就在卢生做梦的地点建了「卢生祠」，然而，传说归传说，故事归故事，到「卢生祠」来的香客显然尚未真正领悟宁静致远，淡泊名利的人生真谛。金代诗人元好问在《题卢生庙》一诗点出了人性：「死去生来不一身，定知谁妄复谁真，邯郸今日题诗者，犹是黄粱梦里人。」

邯郸永年县苏里乡，因为一篇《黄粱梦》，1984年改名黄粱梦镇。文学的力量又一明证。本来应该是住在黄粱梦镇的人才算是黄粱梦人，然而，金好问一诗读来令人忍不住要叹息一问「又有谁不是黄粱梦里人呢？」

出来时雨渐小，把雨伞关了，才见东侧有座「八仙阁」。这里当年可是八仙相聚小憩的地方呢。北洋军阀时期，吴佩孚曾在此驻军，刚毅正直，德行操守和气节上鹤立鸡群，并支持五四学生运动，以四不宣言「不出洋，不住租界，不结交外国人、不举外债」赢得「爱国将军」美名的吴佩孚，从他在这儿题「世变几沧桑，百眼冷看道上客；尘缘皆梦幻，黄粱熟待枕中人」的对联，证实他确是北洋体系中罕见的秀才将军。

上车时午休时间已过，却觉昏昏欲睡，旅游巴士摇摇晃晃，本来说路上要唱歌要表演的人也没有了声音。巴士上的人心里还在犹豫：睡，不睡？有点担心梦醒以后，也许就跟著卢生求道去。

山和水的记忆

　　行往河北涉县索堡镇的路上，邯郸旅游局的小N在旅游大巴里给来自世界四大洲十一个国家的十六个华文作家上课：「悬空活楼是供奉女娲的主殿，名为娲皇阁，民众俗称『奶奶顶』。楼体上临危岩，下瞰深壑，紧依悬崖而建。通高二十三米，」听到这里，感觉人站在那中国北方著名的道教宫观之一时生出来的恐惧和担忧，想像中的危颤颤惊险在小N嘴里却若无其事，「以九根铁索系於崖壁。」马上有人举手：「请你重复？」小N大力点头，继续说「二十三米高的楼紧依悬崖而建，彷佛悬於半空中，不过，不必担心，有九根铁索紧系崖壁。」「就九根铁索？」惊呼声刹时四起。小N微笑「每当香客云集登上娲皇阁，承重增加时，原本松懈的铁索就伸展绷直如弓弦，楼体开始前倾，并且晃动不已，顿时闻铁索啷啷作响，游客如登九宵，如临云端，娲皇阁素有『活楼吊庙』之称。」成语「九宵云外」的感觉，原来就在此阁。根据小N提供的资料「娲皇阁始建於一千五百年前北齐高洋时期（西元550-559年），是中国规模最大、时间最早的的奉祀中华始祖女娲氏的古代建筑。」始建时规模并不大，仅有「三石室，刻数尊像」，以构

思奇巧的娲皇阁为代表，西元六世纪至今，经过不同朝代陆续增建修筑，逐渐形成占地一万五千多平方米的建筑群。现在保留下来的建筑，基本上是清朝咸丰二年（西元1852年）火灾後重建的。好奇心充斥追问「今天那九根铁索还在吧？」经过小N证实，对这建筑史上的奇观充满期待，回头不论路途如何艰险，亦非得找机会攀上中国六大悬空寺之一去看上一眼。

抵达中皇山下，迎接客人的是新建筑老造型设计的中国式巨型牌楼，明显突出了建在一万年前新石器时代遗址上的娲皇宫是国家5A级景区。一行人有打伞也有穿上色彩夺目的雨衣在朦朦细雨中从入口区漫步到补天园。下雨给游客带来不便，然而雨雾弥漫的群山和碧绿苍翠的园林美景紧紧牵扯人的步履。大家不约而同赞叹景致美得真像一幅画。人们形容美丽真有趣，在真实的场景里说美得像幅画，观赏美丽图画时评语却是美得像真的风景。占地面积占七十六万平方米的林地、山谷、园林、水系，加上下雨，天气逐渐寒凉，众人忙碌地加衣添围巾之际，一边不忘摄影。途经溪边，两边明艳的黄花类似水仙，仔细观望却不是，名字叫不出，花却一样艳美，尤其长在水边，多了一份水伶伶秀气。水穿过溪里的石头，溅起小小白浪花，忍不住用手机记录了美妙画面。

走在传说中女娲抟土造人，炼石补天的地方，低头看脚下并非存心搜寻五彩石，主要是雨湿路滑。停驻湖边的观景台上才一抬头，发现众人伫在群山叠翠，流水环绕的山水画卷里，再一低头，水中倒影犹如幻像，毫不现实却在现实中出现，空气里的水气氤氲出湿润空蒙的旖旎风光，在疑幻疑真的光影里

作家们瞬间转型为摄影家，纷纷掏一台手机或相机，惟恐没把眼前的山光水色带走，便成输家。

　　无法久留因目的地仍在前边等待，前行不远再来到一座「中石题」字的「娲皇宫」牌坊，走在身边的小N知我为佛教徒便告诉我：「其实娲皇宫最精髓的古迹是东面山崖上的北齐摩崖石刻经群。」後来网上搜索方知「有北齐时期的《思益梵天所问经》、《深密解脱经》、《妙法莲花经》、《佛说盂兰盆经》、《十地经》、《佛垂般涅盘略说教诫经》等共六部，刻经面积一百六十五平方米，分五处刻於崖壁之上，共刻经文十三万七千多字，字体有隶、楷、魏碑体，素有「银钩铁画，天下绝奇」之称，更是娲皇宫的镇山之宝，堪称艺术珍品，是我国现有摩崖刻经中时代最早、字数最多的一处，历代书法家带朝圣之心到此一游。同时也是我国佛教发展史上，特别是佛教早期典籍中弥足珍贵的资料，对於研究我国早期佛教地域、流派及书法镌刻演变历史有著重大意义和价值，经考证为「天下第一壁经群。」这时我们在冷风冷雨中的补天广场仰头遥望，小N指著在女娲神像後边山势陡峭的老建筑，「那就是娲皇阁了。」

　　终於，我们到了！相传女娲就在这里，捧著青、蓝、红、白、紫五色石，以日月为针，星辰作线，补好了天上的裂缝。这神话记载在《淮南鸿烈．览冥训》一书里。也记录在娲皇阁拜殿的楹联上「圣德齐天无崖限，神功五石补此天」。女娲何只补天呢？《太平御览》七十八卷引《风俗通》记载著「俗说天地开辟，未有人民，女娲抟黄土作人。」因此每年农历三月

初一至十八庆祝女娲诞辰，全国各地人民及海外华侨前来祭拜这华夏人文先始，现在我们站的地方被誉为「华夏祖庙」，是中国五大祭祖圣地之一。经过广场地上精心设计代表中国传统思想文化根源的易经和八卦，我给地上的「春」字拍了照片，季节是初夏，但今日气候之寒，却让著了羽绒服来当游客的女作家获得「最聪明的旅人」奖。作家们撑伞续攀上台阶往女娲神像走去。为我打伞的小N继续讲解：「当地用九个数位形象地概括了娲皇宫特点：一座吊楼，两种宗教，三个石窟，四组古建，五种刻经，六部经文，七尊塑像，八大功绩，九根铁索。其中所指的宗教，指的是佛教与道教，九根铁索是说建在险峻山崖上的娲皇阁采用九根铁索与山体相连。」

遥遥地看著已经很靠近的娲皇阁，细细的雨一直在下。然后，经过一番讨论，少数服从多数，一致同意不再往上攀爬。期待亲眼目睹的悬空寺、九根铁索、石窟、摩崖石刻等等古迹就在不远的山腰上看著我们缓步离开。台阶两旁桃红的月季花兀自绽放在夏天的雨里。

这麼近那麼远真叫人惆怅。人生往往如此，向往的，喜欢的，幻想的都不一定会实现。但是，那日在河北邯郸涉县娲皇宫，看见了翠绿的山，青碧的水，艳黄桃红的花，邯郸山水的记忆仍然十分美好。

张记书

张记书，男，1951年生於中国河北。国家一级作家，中国微型小说学会理事，中国作协会员，世界华文作家交流协会副秘书长。

国内外报刊发表微型小说千馀篇；三百馀篇作品在新加坡、马来西亚、泰国、日本、菲律宾、澳大利亚、加拿大、印尼、汶莱等国家及香港、台湾地区发表；百馀篇作品在海内外获奖。所篇作品入算为世界各地著名大学和中学教材。

已出版《怪梦》、《醉梦》、《情梦》、《无法讲述的故事》、《梦非梦》、《追梦—父女微型小说合集》、《爱的切入点》、《古寺钟鼓声》八部微型小说集和一部中短篇小说集《春梦》。

邯郸历史文化吟

胡服骑射

一

赵武灵王，你的箭——
射穿了历史；
你的马——
在史书上踏出一页奇迹。
於是，「胡服骑射」，
永远在历史的长河中生辉。

二

骑射为赵国壮胆，
胡服为赵国包装，
一项「他为我用」的举措，
铸就了赵国的辉煌。

然而，赵武灵王的箭，
并没停歇——
穿过一朝又一代，
终於，孕育了中国的改革开放。

於是，在历史的萤幕上，
我看到赵武灵王，
正在为後辈点赞、褒奖。

负荆请罪

廉颇，你的战刀很厉害，
杀得敌人闻风丧胆；
然而，你能永远矗立
在人们心目中，
是因为你有魄力，
跪在蔺相如面前，
——负荆请罪！

将相和

相如，你为比你官小的人让路，
你在历史的小巷回车，

你的行为让我懂得，
什麼叫宰相肚里能撑船。

纸上谈兵

赵括——
自从你戴上「纸上谈兵」的帽子，
你就被沉重的历史压趴了；
你的教训告诉後人，
嫩竹子别急著做扁担。

邯郸学步

邯郸人的步子，
走进了中国民间故事，
成了邯郸人一张骄傲的王牌。

我作为邯郸人，
却要劝一句「寿陵少年」：
不要轻易迷信他人，
而丢失了自己的灵魂。

邯郸人更不能以此：
妄自尊大，盛气淩人。

还是学学赵武灵王吧，

虚怀若谷，谦虚为人。

广府古城上

周永新

祖籍，中国广东省番禺县人。二十世纪四〇年代初出生於越南堤岸，生活了五十多载，1997年移民美国，居住亚利桑那州凤凰城，零六戌岁退休。

少年就读堤岸番禺学校，其後选读台湾中华函校高中进修科与新闻教育科。并补习越文课程与会计簿记。小学开始执笔创作，练习投稿，文章诗作发表於越南各华文报纸及台湾、香港之文艺刊物，偶尔参加各项徵文，领取奖品。

当过学徒杂役，售货店员，文书会计，服役从军，报社特约，电阻工作。曾开设塑胶制造，玻璃工厂，旅游业务，杂货商店。现为亚利桑那州华文作家协会会员，风笛诗社网站美加顾问，世界华文作家交流协会副秘书长。

近年为凤凰城亚省时报【生活随笔】与美西侨报【休闲素描】专栏撰述。

七律一首

——咏邯郸采风

邯郸成语早扬名，实际从来未识荆，
今次采风观胜景，一周游览会精英。
女娲炼石补天际，曹操建台在邺城；
历史遗留多轶事，见闻增广引为荣。

邯郸学步的意思

　　五月中旬，我随世界华文作家交流协会到中国河北邯郸采风，一提到邯郸，脑海很自然浮现「邯郸学步」的成语，我读小学时期，在报纸上就看到，也在历史故事图书中阅读到，所以不会陌生。采风回来，和亲友谈论起这次行程，以为大家不多不少都听过「邯郸学步」的成语，但失望得很，实际懂得的甚少，老中年如果都觉得陌生，年轻一代更加不知道是什麼意思了。

　　「邯郸学步」的成语，当然源出於邯郸城，有人说，不到邯郸，体会不到燕赵文化的博大精深，果然不错，我到了邯郸，聆听有关部门的详细讲述，带领到处考察参观，才知道邯郸不仅是个古城，而且三千年没有更改名称的地方，许多成语故事发生在这里，遂有成语典故之都；著名史迹更多，临漳邺城，有「三国故地，六朝古都」之称，武灵丛台，宋祖台、京娘湖，让我眼花撩乱，娲皇宫、黄梁梦吕仙祠等神仙境地，令我心灵震撼，而大名府则是近代歌星邓丽君的故乡，想起她唱出小城故事的韵味！

　　「邯郸学步」是什麼意思呢？李白的两句诗已说清楚：

「寿陵失本步，笑煞邯郸人」。原来寿陵是燕国的少年，听说赵国邯郸人行路姿态优美，特地到来学习，可是他学不到那优美的步法，反而忘记自己原本的步伐，要伏地爬行回去。也就是说，仿效别人的优点而不成功，却连自己的长处都丢弃了。

「邯郸学步」，学习别人步行姿势，竟弄到忘记自己的步伐，实在有点夸张，我对这成语典故抱持怀疑态度。参考成语故事出处，《庄子，秋水》篇，的确这样描述：「寿陵馀子之学行於邯郸，未得国能，又失其故行矣，直匍匐而归耳。」

我向来认为，古人书写困难，多数要刻划在竹简上，字字困难，能减省一字尽量减省，内容变成精简，古文往往深奥难解，原因在此。後人钻研，若单纯从字面分析，有时会差错，一定要多方面考证，才能获得正确的结论。

我从网络搜索「邯郸学步」考究的资料，有学者作深入探讨，显示相当合理的解释，实际上不是学习步行，而是学习舞步。那个寿陵少年，可能知道邯郸有种优美的跳舞步伐，他决定去学习，大概资质差劲，动作迟钝，总是练习不成，反而弄到扭伤了脚踝，迫得一拐一拐地走回家，甚至剧痛时要伏地爬行。

这种考证很有说服力，从燕赵时代的舞蹈艺术来观察，原来邯郸有一种舞姿称为「踮屣」，踮，是提起脚跟，用脚尖著地，屣，是穿著拖鞋行走，这种穿拖鞋以足尖舞蹈动作，就像现代的芭蕾舞，舞姿美妙，步伐轻盈，练习就不容易，难怪寿陵少年脚踝受伤，举步维艰，无法像初来那般步行回去了。

再考查赵国踮屣舞，比欧洲兴起的芭蕾舞早了千多年，我又怀疑，究竟芭蕾舞是不是由踮屣舞传过去的？好像指南针、

印刷、火药、造纸术，都是中国传过去的。

如果是的话，後来的「邯郸学步」，可能是西洋人了。

与「邯郸学步」的成语最相似的，是「东施效颦」，西施是西村施姓女子，丽质天生的美人，有沉鱼落雁之容，举手投足都优美，即使蹙眉苦脸也见艳丽；东村有一姿色平庸的女子，也想效法西施蹙眉的样子，但她蹙眉起来更难看，连本身还不错的样貌也丑化了。

我这次去邯郸，似乎也在学步，面对种种历史遗迹、神仙境地，令我震撼，令我好奇，东张西望，疑问重重，聆听讲解，聆听描述，实际还领略不足，我好像昔日那寿陵少年，去邯郸学步而没有学到什麼步伐？幸好没有弄坏双脚，不用爬回来，可以搭乘飞机返回美国凤凰城，阿弥陀佛！

邯郸古城多史迹

　　这次随世界华文作家交流协会邯郸采风一周，回到凤凰城，许多亲友都询问旅程如何，好玩不好玩？我答很好玩，值得一游，但一般人对邯郸这个城市非常陌生，海外华人认识不多，一时之间就不知从何谈起了。以我来说，七十多岁，自问经历不浅，也是从「邯郸学步」成语获得印象深刻，其他细节完全不清楚。

　　上网查询罗！不错，网路资料丰富，便利万民，出外旅游，大有帮助。查出的资料显示：邯郸是河北省省辖市，地处河北省南端，为该省第三大城市，因邯山至此而尽，尽也叫单，为了作为邑名，故单字从邑 ，因而得名邯郸。

　　那麽，河北省又在哪里？资料指出，位于中国华北区域，在漳河以北，东临渤海，内环京津，西为太行山，北为燕山；省会石家庄，邯郸是十一个省辖市之一。

　　清楚地理位置，知道所去方向，世华交流会心水秘书长，仍不放心，更谨慎地查看邯郸机场飞行班次，发觉每日航线不多，对於来自世界各地的文友来说，万一迟滞了，再补充航班就遇到困难，提议改在河南郑州新郑机场进出为妥。这当然增

加主办单位的麻烦，但最后获得接纳，让大家安心，这就让负责接送的史少华处长辛苦了，带领张龙、张可两员健将，整天在郑州机场与凯芙国际酒店之间忙碌，任劳任怨，我的早到，让他们倍增劳累，甚为抱歉。

去邯郸一周，当然不是学步，却真的增长见闻，学习很多新知识；我到邯郸，才发觉以为自己见多识广，原来是那麽肤浅。《红楼梦》描述刘姥姥入大观园，或一般人常讥讽「大乡里出城」、「乡下佬游埠」，这回邯郸行程，我觉得自己也很相似。

譬如说，从郑州往邯郸途经安阳参观福斯佳地产公司时，黄添福董事长在酒楼邀请午餐，那张能坐卅座位的庞大圆桌，我就前所未见。又在邯郸宾馆的早上，看到张可文友驾驶那辆短得不能再短的四座位车子，也是大开眼界。在广府小镇坐游船时，看见两棵高高的树上一丛横枝伸出，有点像圣诞树样子，很稀奇的植物，探询下才知是高耸烟囱加添的装饰，诸如此类，令我眼花撩乱。

说到书本知识，「邯郸学步」的成语固然小学时就懂得，其他「毛遂自荐」、「黄粱美梦」、「纸上谈兵」、「围魏救赵」、「完璧归赵」、「负荆请罪」、「瓜田李下」等等，小时候听长辈讲故事，几乎耳熟能详，但完全不知道出处在邯郸。抵达邯郸的第一晚，在主办单位的欢迎仪式上，在座谈会中，聆听旅游局长苑清民、作协主席赵云江等领导发言，我才知道邯郸是成语典故之乡。也初次知道，邯郸是中国古城，有史以来惟一保持不变的地名；更令我惊讶的，传说上古时候女

娲炼石补青天，抟泥吹气造人，是人类的始祖，就是发生在这个地方。

邯郸采风，实实在在让我感到相当意外，似乎走入一个神仙境界，因为一站一站的景点，几乎是民间熟识的神话故事。平日常提到的八仙，最著名的纯阳祖师吕洞宾，就是在邯郸；黄梁梦的卢生传说，也是在这里。哗哗！神韵真多！我们前往参观黄梁梦吕仙祠，在进门右边的墙壁间，看见「蓬莱仙境」四个大字，据讲解员述说，「蓬莱仙」三字就是吕洞宾的笔迹，清乾隆皇到此游览，特地在後面加上「境」字，就是现在的「蓬莱仙境」，我想大概清帝不愿被神仙沾光吧。由左边直径而行，沿路是神仙洞府，末尾是卢生躺卧的雕塑，侧面更有一个大「梦」字的石雕，惹人注目，我见一副对联，这样写著：「睡至二三更时，凡功名，都成幻境；想到一百年後，无少长，俱是古人。」虽然写实，但容易令人消极，觉得人生如梦，不思进取。

在邯郸，除了有神仙境界之感，彷佛还有回溯历史的年代。我以前在粤曲听过的「千里送京娘」，演唱宋王赵匡胤的一段感人情节，居然在邯郸出现，这里就有个京娘湖的名胜。数数古迹看看，真真不少，邺城遗址是其中之一，三国的曹操曾在此大事建设，什麽转军洞啦、铜雀台啦、金凤台啦、冰井台啦，都是那时的建筑物。而再远的战国时代，赵武灵王在邯郸公园建设丛台，作为检阅军队和欣赏歌舞的地方，古称武灵丛台，一直流传至今，我们可以登台眺望，发思古之幽情。

此外，位於峰峰矿区鼓山的响堂寺石窟，也是历代建设

不少佛教寺庙、殿堂、楼阁、古塔的地方，遍布山麓各处的佛洞、石窟，均残传雕刻的佛经，据说在北齐时期就开始建造，历经后隋、唐、宋、元、明、清，加以扩建和维修，成为今日规模最大的石窟。

另一个让我差点以为是广州府的广府古城，也是二千多年的古老城镇，是战国时毛遂封地，明清时棣属广平府，故称广府，因少人注意，称为被遗忘的古城。这个小城，也是太极拳之乡，杨家太极拳的发源地，我们到来，获得表演给我们观赏。

除了这些中国神仙境界，古老史迹外，也有较为近代的景观，如大名县，虽然也是古城，有明城墙，有狄仁杰祠碑，古色古香，但是，石刻博物馆却让人留意石刻艺术较多，古今兼并；而瞻仰天主大教堂，静静聆听讲述，就有近代的观感；介绍邓丽君家乡，更想到「小城故事」，越接近现代了；馆陶的粮画小镇，让我们回到现在的乡村艺术，走出古代的背景。

真正展示现代冲劲，充满现代气息的，是一二九师司令部旧址，那是刘邓将军抗战的雄壮事迹。

在邯郸采风的压轴一站，是张可文友诚意安排，趁佛祖诞期间，让我们到广府古城甘露寺参拜，共沾佛法，福寿康宁。据说甘露寺是千年古寺，隋炀帝妙善公主曾在此处出家，寺庙历尽沧桑，民国时毁于战乱，去年重新修建落成，才有如今宏伟的佛寺。我们到来，住持究成法师亲自在广场接见，授与每人一条哈达，一串佛珠，互相合十敬礼，并引导参拜佛殿，在佛堂听讲，至此，为采风行程画下句点。

这样子，邯郸采风一星期里，从中国传统儒家文化，神仙

道观，天主教堂，以至佛教遗迹与虔诚礼佛，处处文物荟萃，名胜古迹多多，让我觉得精彩奇妙，有点与别不同的感受，刚集中注意欣赏这个景象，却被另一个迥异景观所吸引，不断转移，特别有趣味，比以前任何一处旅行都要优胜。

　　我自从退休以来，每年在越、美两地往返，经常参加旅游，在各大旅行社选择地区，在中国境内，离不开上海、北京、苏州、杭州，或者广州、岭南各地、桂林、云南等等，最奇怪的，就是没有看过宣传邯郸旅游的广告。临别时，我曾对为设宴欢送本团的旅游局陈军副局长建议，应该尽量与外国的华人旅行社挂钩，尽量为旅游邯郸宣传，让海外华人不要错过这个历史胜地，我们这批文友，返回原居地，亦必义务宣传，以答谢获得热情的招待！

广府古城

甘露寺

110

袁霓

　　原名叶丽珍，出生於印尼雅加达。著有短篇小说集
《花梦》、微型小说集《失落的锁匙圈》、《雅加达的圣诞
夜》、散文集《袁霓文集》、双语诗集《男人是一幅画》、
诗合集《三人行》，作品并收录在《劲风中的小草》、《沙
漠上的绿洲》、《翡翠带上》、《印华短篇小说集》、
《印华散文集》、《印华微型小说集》、《印华微型小说
集II》、《面具》、《做脸》、《世界华文女作家微型小说
选》、《香港文学小说选》、《华语文学2005》和《华语文
学2006》等合集中。

　　现为印尼华文写作者协会总会长，世界华文微型小说研
究会副会长，世界华文作家交流协会副秘书长，印尼客属联
谊总会秘书长，印尼雅加达客属联谊会副会长，印尼梅州会
馆副会长。

走进历史，走出现代

邯郸古都

　　澳大利亚心水先生创办的世界华文作家交流协会受邯郸旅游局的邀请到邯郸采风。被邀请的作家十六人，有新加坡寒川、林锦、艾禺、马来西亚朵拉、印尼袁霓、加拿大林楠、澳洲心水、婉冰、倪立秋、庄雨、沈志敏、荷兰池莲子、德国谭绿屏、美国周永新、汶莱晨露等，我想，大家都与我一样，都因为邯郸的诱惑而来。

　　邯郸这个名字，从开始看中国的历史故事开始，就深深地印在心里。好多年前，从郑州乘火车到北京，在邯郸站停留，我看著站名，心里就想，几时我有机会到这个久已慕名的古都来看看。

　　这个机会终於来了。

　　邯郸位於河北省最南端，西依太行山脉，东接华北平原，管辖十九个县市区。最初以为只是一个小地方，去了後，花了一个星期去游览各地名胜，才知道原来邯郸范围很广。

邯郸拥有八千年的人类文明史，是一个有三千一百年文字记载的历史文化古都，也是中国历史上三千多年来唯一延留至今从不曾改过的名字。战国时期，它是七雄之一赵国的都城，赵国的八代君主，在邯郸鼎立了一百五十八个春秋。

邯郸也孕育了诸多英雄人物，诞生了赵武灵王，秦始皇，走出了荀子、公孙龙、廉颇、蔺相如、魏征、李若水等等。还留下了洋洋洒洒五千多条成语典故。其中有邯郸学步、黄粱美梦、胡服骑射、完璧归赵、毛遂自荐等脍炙人口的成语典故。

沉淀著厚重的历史的邯郸，遗留了众多的历史文化遗产和名胜古迹，成为了全中国著名的露天博物馆和文化大观园。当我们在邯郸的路上走著，想到我们脚下可能就埋藏著千年的古城或古墓，就不由自主地充满敬畏。

邯郸市中心有一个武灵丛台公园，这是两千三百年前，赵武灵王阅兵赏武的地方，据说武灵丛台是由众多的亭台组成，台台相连，历尽千年的风雨沧桑，目前只剩下一台，伫立在中央，虽经千年风雨的腐蚀，却依旧壮观，公园里的亭台楼阁，曲桥长廊，绿树红花，美不胜收。公园里很多老人在跳广场舞，有的在树下下棋，看他们悠然自得的样子，对於我这种每天忙得焦头烂额的人来说，真是羡慕。

邯郸市内有很多公园，常常看到大树草地，公路两边，则是一整排的月季花开得真艳。

忽然想到雅加达只有一个摩纳斯公园，住家环境没有一个可以呼吸氧气的公园，不由有一点悲哀，目前阿学省长一直致力於美化雅加达，希望阿学省长可以连任，多造几个公园造福市民。

一二九师司令部

在邯郸，有很多值得一去的地方，有解放军一二九师纪念馆和旧址，看到了一二九师在抗日战争中的刘邓故居、将军岭等景点，深切感受到在战火纷飞的岁月里，八路军一二九师的将士们，为了保家卫国，浴血千里，转战太行山的大无畏精神。

一二九师是抗日战争时期，中国解放军的一个主力军队，由刘伯承和邓小平领导，挺进太行山去，开辟、创建了晋冀鲁豫抗日根据地。

一二九师司令部在邯郸市涉县城西四点四公里的赤岸村，现在被列为中国全国重点文物保护单位，4A级旅游景区。

司令部旧址在一个小山坡上，小石板路，陡陡地弯上去，不是很难走，但可以想像几十年前，此处一定非常地隐蔽，才会被选为解放军的司令部。司令部旧址设在三座相邻的农家四合院里，依势而建，错落有致。下院是司令部办公的地方，北屋正房有会议室，西屋刘伯承办公室，东屋警卫室，南屋办公室。出了院门再上几层台阶（原来是陡坡），就是刘伯承和邓小平的住处兼办公室，卧室里只有一张床，一张桌子，堪称简陋，可是这样的房间，却住著指挥千军万马，让敌人闻风丧胆的刘邓两位将军。

一二九师司令部作战室旧址现成为木刻版画展室，陈列著抗日版画，体现当年太行军民艰苦岁月中顽强抗敌的故事。司令部作战室一共有五间，地方不大，但就是在这麼一个不起眼的地方，刘伯承、邓小平两位将军，在这里指挥了大小战役三万一千多次，收复了一百九十八个县城。

在陈列室里，我们看到了一个一二九师的组织表，发现了很多我们熟悉的名字：刘伯承是一二九师师长，徐向前为副师长，倪志亮为参谋长。当时级别比较低的，有赵紫阳、傅一波，还有黄镇等等。一二九师在邯郸涉县驻扎长达两年，新中国成立后，从大行山这块土地走出了邓小平和两位元帅、三位大将、十八名上将、四十八名中将、二百九十五名少将、先后有近百名老领导担任中国共产党和国家的重要职务，成为中国第二代领导集体的中坚力量，被誉为「中国第二代领导的摇篮」。

在一二九师司令部北面的一个高地上，是将军岭，一共有

两个129个台阶，台阶最上端，有一个高高的石碑，「将军岭」三字由邓小平亲笔题写。将军岭上安放著刘伯承、黄镇、徐向前、李达、王新亭、袁子钦、赵子岳等将帅的灵骨。在灵骨安放处还有将帅的雕像和纪念碑，还有刘伯承元帅的纪念亭。

1986年刘伯承元帅去世，根据他的遗嘱，把他安葬在太行山将军岭第一个一百二十九个台阶处。此处后来建了纪念亭，亭中央是花岗石雕刻的刘帅雕像。1989年黄镇将军逝世，他留下遗愿：「生前追随刘伯承元帅挥师太行，浴血奋战，死后也要伴随刘帅遗骨回太行。」1990年2月，徐向前元帅去世，根据他的遗愿，他的骨灰撒放在将军岭上的第二个一百二十九个台阶处，并在一百二十九个台阶上面的平台上立著他手持望远镜的全身雕像。此外，还有李达将军、王新亭将军、袁子钦将军等等的骨灰都安放在将军岭上。邯郸涉县的将军岭，是除了北京的八宝山之外，安葬中国最多将军和元帅的地方。

游览一二九师旧址，是我们所有行程中最特别的一个地方，也最震撼和冲击我的心灵深处。

黄粱美梦

我们都听过「黄粱美梦」这句成语和故事，做这个美梦的卢生，是一个贫苦的读书人，整天想著的是功名和荣华富贵，屡上考场，但每次都失败，心中充满著怨屈和苦恼，有一天，他在邯郸的旅店，见到一个吕翁，向他诉说著自己的贫困和苦恼，问吕翁怎样才能荣华富贵？当时，店主正在煮黄粱饭，吕

翁给了他一个枕头，让他好好睡一个觉，他做了一个梦，梦到自己出生，长成少年，读书、考场应试，高中了。被封官后，青云直上，做到大首相，真是一人之下，万人之上，可谓八面威风；身为大首相的他，妻妾成群，子孙满堂，在他踌躇自满的时候，被小人在皇上面前告了他，皇上大怒，下了圣旨满门抄斩，他也被五花大绑，被推倒刑场斩首，就在刽子手的刀下来的时候，他惊醒过来，这时候，他发觉，原来刚才的荣华富贵，只是一个梦，一切依旧，它还是一个穷书生，店里煮的一锅黄粱饭，都还没煮熟。原来一切都起於自己的虚幻梦想，这就是黄粱美梦的故事。

黄粱梦吕仙祠坐落在邯郸城北十公里处，建於宋代，是全真教建造的一个道观，共占地二十亩，规模宏伟，是中国北方保存的最好的道观之一。

进门第一进，是主殿吕祖殿，共有三进，拜的是吕洞宾。据说当时卢生见到的吕翁，就是吕洞宾。雅加达有一间「吕洞宾庙」，已经有百多年的历史，庙不大，据说很灵，是打铁匠和商人经常去祭拜的一间庙。

吕祖殿的後面就是卢生殿，那里有用大青石雕刻的卢生侧卧睡相，每个人进来，都要摸一摸，千年来，已经被人摸得光滑明亮。卢祖殿的东西北面墙壁，是描绘卢生「富贵荣华终幻因，黄粱一梦了终身。」的壁画。

黄粱是小米，煮出来的饭是黄色的，很鲜艳，配以各种小菜，非常可口。最初我还以为黄色的饭是因为放了我们南洋的黄姜，後来才知是小米本来的颜色。据说小米也只有北方才

有，南方种不出来，而且一年只能收割一次，因此非常珍贵，是邯郸地区的特色菜，几天来，我们在邯郸地区，差不多每天都有这一道菜。

吕祖殿前面有一个石碑，刻著一个繁体字的「梦」，给我们讲解的导游，据介绍是当地的金牌导游，很有学问。她给我们解释「梦」的意思，她说，这个「梦」字，揭示了我们的一生，最上面是「廿」，表示我们二十多岁，青春正年少，接下来是「四」，人已经到了中年，接下来像六的盖头，刚好一个甲子，最下面是「夕」，人生已经是夕阳了。总结一生，人生是一个梦，不必强求，不必为了贪婪欲望，去争得你死我活。

看了这个「梦」字，再看了壁画，黄粱美梦给了我们一个启示，梦是虚幻的，做人总要脚踏实地，有计划去实施，才能成功，怨天怨地，单靠做梦，总是一场空。

美丽乡村——馆陶粮画小镇

美丽与乡镇，在我的脑海里挂不上钩，因为我去过的乡村，看起来只有淳朴、自然，有一点点落後，谈不上美丽。可是，当我们进到这个乡镇——馆陶粮画小镇，给我的第一感觉，却是美丽得让人惊喜，美丽得让人愕然，美丽得让人措手不及。整洁的小巷，挂漫画的两边墙壁，差不多每家每户都把他们的作品挂在墙上，我们从葡萄架下走过，坐在家门前聊天的几个老奶奶看著我们笑，空气中漂浮著浓浓的艺术味道，沾染著我们的身心。

这个美丽的乡镇，在邯郸的东部馆陶县。由几个乡村组成，就像一个四方形的八字，我们只游览了其中几个乡村，特别参观了出名的寿东村。

我们在寿东村，进到一个粮画坊，墙上，挂著一幅幅制作完成的山水、人物、花鸟、民居等画，每一幅画，都栩栩如生，远看，根本就看不出是用五谷杂粮等各类植物制作的画，近看，由衷地佩服这些画师的信心和耐心。画坊里，十多个年轻的姑娘正在细心地把各种颜色的五谷种子，一粒粒用摄子夹起来，根据垫著的画本，慢慢地排列。

制作一幅粮画，需要十几道工序，粮食要先经过特殊的防虫防腐处理，胶水要用特制的，要选择各种颜色的稻谷种子，通过黏、贴、拼、雕等方法来制作，完成一幅画，需要花好长的时间，因此，一幅画的价格并不便宜。

据乡长介绍，粮画起源於唐代，兴盛於清代。馆陶县的粮画则兴起於清代末年，後来断层。直到有一天，一个农民画家张海增在嗮麦子的时候突发奇想，为什麼我们不能像古时那样把粮食制作成字画呢？这样，粮食的价值就不止是粮食了。於是，他不停地摸索，寻找资料，不停地试验。终於，失传已久的的粮画重新展现在人们的面前，张海增还把他的发现推广给村里的乡亲们，带领乡里人一起制作粮画，一起致富。目前，馆陶粮画再次兴盛繁荣起来，不但行销国内，国外也有人买。

　　从粮画坊出来，我们进村里参观。村里的家家户户，都充满了艺术味，用玉米叠成的福禄寿，用竹子围起来的运动场，古老的水井，以及还原的土坯房……，都让我们感受了美丽。

　　最吸引我们的，是墙上挂著的画，有的是粮画，有的是水彩画，有的是毛线和布拼成的画，我们一步一停留，慢慢地欣赏，是什麼因素？让整个村的人都这麼爱好艺术？

　　墙上热闹的壁画，让我想起了哥本哈根的嬉皮村，那里的艺术味道也很浓，但是在嬉皮村，我会觉得害怕；在这个美丽乡镇，我们看到骑著脚踏车的老伯伯，安详地在葡萄架下过，小孩子在追逐游戏，老奶奶坐在门前聊家常，整个村里的氛围，就是一团祥和。

　　村口的横幅上，写著「全国十大最美乡村」。馆陶粮画小镇，确实无愧於这个称呼。

✤ 谭绿屏

　　谭绿屏，汉堡艺术家，中国书画教师、原南京市美协会员、世界华文作家协会欧洲会员、海外华文女作家协会会员、世界微型小说研究会欧洲理事。

　　出国前为江苏省旅游品销售公司外宾部现场画师。1984年游学西德，绘画作品常登载於德国多份华文刊物的首版和封面。1992至1994年独立创作完成多幅大型壁画：1994年获国际水墨大展枫叶奖：2002年出版文集《扬子江的鱼，易北河的水》：2004年应邀第十三届世界华文文学国际学术研讨会讲演：2005年於江苏省美术馆举办个人画展，南京市作协举办个人作品座谈会，微型小说入选「2005年世界华语文学作品精选」。

朝霞满天，太极拳圣地广府城

　　当今太极拳，如滚滚海涛潮涌、遍布大江南北、五湖四海，和谐社会、造福人类，被誉荣为中华民族「四大发明」之後的又一伟创发明。

　　来到邯郸广平府，才知道这座上溯至春秋，距今已有两千六百多年历史的文化古城，集天地之灵气，孕育成长了两位太极拳宗师和一代代太极传人、太极顶级大师。宗师杨露禅（1799—1872），穷而有志，始创杨式太极拳。宗师武禹襄（1812—1880）富而能仁，始创武式太极拳。时事变幻，自有英雄才俊辈出。太极拳从初始的秘而不宣、自卫门户於暗乡僻野之中，转而遵师重托推广传播，进入京城军师、王公贵族大门。文人练功习武，打破了中国武术初始以口授心传的自我封闭现象，得天意於今别开生面以趋向导航化、科学化、大众化，发扬光大、走向社会、走向世界，殊成全人类的文化瑰宝。

　　广平府，中国人文历史最深厚、传承最悠久的七大古城之一。春秋时为晋国曲梁城，随末建城筑垣，为夏王窦建德都城。历代逐改名称广年、永年、易阳、广平路、广平府，亦即今人所示的广府古城；从历史上的兵家必争要地、政治军事、

文化商贸中心演变为目前的政治、经济文化中心，成就华北地区保存最完整的古城、唯一的旱地水城、和当今闻名世界的太极圣地。

我们来到广府南门外杨露禅故居。座东向西，入门便见一砖砌高屏迎面。屏壁浮雕莲花瓣围绕黑白阴阳鱼「太极图」，庄重伟岸震袭人心。故居的牌匾两旁分立光绪帝老师翁同龢当年亲自手书相赠的对联「手捧太极震环宇，身怀绝技压群英」。这里同时又是後代传人「打天下，传天下」的「中国永年杨露禅太极学院」。长方型的四合院中，几位拳手在5月和煦的阳光下，伴衬著桔色艳丽的玫瑰，摆开功架，不紧不慢、悠然舒展操练杨式太极拳。我们的荷兰中医师池莲子，情不自禁即兴加入；随後来自加拿大、澳大利亚的文友也紧跟其中。满院落呈现眼前一派祥和无止无境，只道是时间太短少，急匆匆不得不辞别，留下满心憾然。

久经沧桑、兴盛和衰落，迄今已一千四百年历史的甘露寺，位於广府古城东关。其厚重历史沉淀营造得天独厚福祉，2006年因缘善举大开重建。地尤广表四万五千平方米，金碧辉煌、宏伟壮观，亭台楼阁、雕梁画栋，柳岸桥影、樟木佛像，令人惊诧赞叹、留恋忘返。一派清池莲荷、紫气飘香的人间净土，福泽连绵、慈悲仁怀。民众百姓得以进香还愿、修身养性，社会民间得以生生息息、平和安宁。

甘露寺住持慨成大法师慨允佛家大礼欢迎我们来自世界各地的华文作家，亲自为合十参拜的采风团我们每人佩上珍贵的崖柏佛珠、戴上金黄的绸缎哈达，并合影留念。「般若讲堂」

是佛门佛家学子修身念佛、听课抄经的佛学讲堂。讲台壁面清淡的莲荷画缀左，轻巧推显工整醒人的隶书：「世界和谐，从心开始，与人和谐，从我开始」。我们席地分坐整齐排列的打座台前，听大法师开示广普博论，一享佛门的玄心沉静。甘露寺特地请中国商道研究院院长邵奕晟先生，为我们精彩介绍观音文化与甘露寺的历史典故。打座台上端放《般若罗蜜多心经》，供善众沾佛法求康宁。

杨式太极拳第六代传师杨建超为我们讲解了太极拳的渊源要目。般若讲堂门前广场上，率领一帮高手弟子，为我们表演了一套健身益体的杨式太极拳拳艺，功夫大气磅薄，气壮山河。

太极拳基于太极阴阳之理念，以柔克刚、急缓相间、刚柔并济、用意念统领全身，含蓄内敛、入静放松，使意、气、形、神圆融一体，且以武德修养同时提升塑建习练者的体质和素养，通灵显现了中国传统文化的含蓄之重。

让我们看看，十九世纪末世界人口的平均寿命有多少?由於缺医少药，仅为四十岁。1949年中国人的平均寿命只有三十九岁。而当时太极拳师的平均寿命超出七十岁。可见得太极拳修身养性，陶冶情操、强身健体、益寿延年的功效。

太极拳宗师，究其身世功业，其实皆起家於比武较技，战胜百家武师。特别彰显在1840年至1911年永年太极拳创业时期，适逢鸦片战争，中国惨败沦入半封建半殖民地社会。外患内乱，急须「尚武图强」、救国救民。杨露禅次子杨班候（1837－1892），一位杰出的武术大侠，崇尚武德大义、胸怀豁达容人，宣导大众练武强身，以备卸侮雪耻。1860年英法联

军乘鸦片战争之邪恶大举侵华，奸淫烧杀、抢劫扰乱、无恶不作。时年二十三岁的杨班候任职清军教官，顽勇率领清军和民众，挥舞大刀、杀进杀出、重创敌军。一次因路见不平，击伤洋人之後，为避祸腐败清政府罪罚而辗转逃亡广府老家。然不久即忍无可忍怀端赤胆忠心，大义凛然、大无畏进京，应战对擂狂妄的荷兰大力士多尔古在天坛设下的百日擂台。格斗中施展轻功、柔术、弹簧劲、太极绝技沾粘术等出神入化的太极拳术，铁骨铮铮、一举完胜狂嚣单臂举千斤的洋人大力士，以盖世武功为国人挣得扬眉吐气，登上中华民族英雄榜。

杨式太极拳三代宗师，祖父杨露禅「创天下」，儿子杨班候「打天下」，孙子杨澄甫（1883—1936）「传天下」。杨澄甫，堪与其祖父杨露禅齐名的太极伟人，承前启後、总结、定型、改造、完善杨式太极拳，嘱弟子出书立箸，任职高等学府国术教授，为国育才。其弟子大家云集、豪杰林立，群英辉映、桃李满天下，达到杨家几代人的鼎盛巅峰。杨式太极拳成为事实上的国拳，习练者健体强身，益寿延年，受惠全球数亿人。

无论光阴荏苒，曙光不改初衷，不吝大度攀上巍巍广平府城墙，朝霞满天无穷；人们不等日出，早已城上城下密集涌动、刀剑飞扬、拳脚起舞无尽。广平府内自小学生四年级起开始教学太极拳课程。广平府的孩子从小兼承太极之中道，善养淳和中道之气。太极浩气融於百姓生活，融於百姓血脉，柔中有刚、能伸能屈、处变不惊、处惊不乱、顺其自然。太极传人乐观豁达、随遇而安、朴实坚忍、融洽和谐，代代相传。广平府不愧为世人顶礼膜拜的太极圣地。

拜读太极拳史绩，再看太极传人操练，中华太极果如太极球圆浑一体，正气立身、势不可挡，观望者皆　然增敬。

2016年6月30日定稿於汉堡

荷兰三中医师池连子于杨露禅故居情不自禁加入操练杨式太极拳

文友们也紧跟其中操练太极拳

126

甘露寺究成大法师为谭绿屏戴上哈达、佩上佛珠

世界华文作家交流协会邯郸采风团于巍巍广平府城墙上合影

倪立秋

　　文学博士，拥有中、澳多所大学学历和澳大利亚专业翻译资格。先後移居新加坡和澳洲，在武汉、上海、新加坡、墨尔本从事教学和管理工作。

　　已在中、新、澳出版著作六部，包括《新移民小说研究》、《中文阅读与鉴赏》、《中文写作》、《东西文化的交汇点》等。

　　2012-2014年在墨尔本《大洋时报》开设「读诗增智学英文」诗歌翻译专栏，发表译诗一百四十馀首。2016年1月起为武汉《文学教育》杂志「学者」专栏写稿，评介华人作家作品。

　　曾在《中国青年报》、《华文文学》、《文学教育》；新加坡《联合早报》；美国《侨报》；澳洲《墨尔本日报》、《联合时报》、《大洋时报》等数十家中外媒体发表作品近三百篇／首，计两百馀万字。

探访古迹，仰视古色邯郸

　　走近邯郸之前，我脑中的邯郸是模糊的，单色的；亲近邯郸之後，我眼前的邯郸是立体的，多彩的。2016年5月的采风之旅，我见识、亲历了邯郸的古远深沉和缤纷活力。

　　邯郸之古，毋庸置疑。已拥有三千馀年的建城史，至少三千一百年未曾改名，就凭这一点，邯郸之古也足以令其他城市望尘莫及。更何况还有传说中女娲在其中抟土造人、炼石补天的中皇山，透出人类种植业曙光的磁山文化，开中国军事改革先河的胡服骑射，拥有世界最大摩崖刻经群的响堂山，汉末建安文学的发源地临漳铜雀台，还有近两千条中华成语典故与其有著深厚渊源……。

　　从西元前430年至西元1131年，历史上在邯郸境内建立的政权有魏国（魏文侯）、赵国（赵敬侯）、曹魏（曹操）、北齐（高洋）、夏（窦建德）等；仅在战国时期，邯郸作为赵国都城就达一百五十八年之久，是古中国北方的政治、经济、文化中心。

　　如今的邯郸拥有十多条文化脉系，包括赵文化，毛遂、女娲、邺城、石窟、大名府、磁州窑、广府、运河等文化，内涵

博大精深，风格丰富多彩，这些昔日辉煌足以让我这个华夏后辈自豪而又恭敬地对其昂首仰视。

这趟邯郸之行，我亲睹了古色邯郸曾有的辉煌，随世界华文作家采风团考察了很多古迹，包括北响堂山石窟、武灵丛台、磁州窑富田遗址、大名县明城墙、弘济桥和广府古城等。

武灵丛台有两千馀年历史，游客站在其最高处，可西望太行馀脉，近观邯郸市貌，俯瞰丛台湖景，耳闻邯郸市嚣，这里是游人怀古思今、欣赏湖光山色的绝佳场所。这个曾经的赵王检阅军队与观赏歌舞之地，如今已是赵都历史的见证、古城邯郸的象徵，再加上胡服骑射这个中国首次成功军事改革的历史故事，更为武灵丛台罩上了一层智慧与谋略的光环。

磁州窑富田遗址坐落在磁县及峰峰矿区，古代地属磁州，故名磁州窑。见到遗址博物馆内那些状如今日蒙古包的古窑，整齐堆放的圆柱形黄褐色笼盆，静静摆放在古窑旁边的泥土色八棱滚子、磨盘和碾槽，我彷佛能亲眼看到自宋代起，历代北方窑工们挥汗劳作的身影，亲耳听到不同朝代的炉火在窑内劈啪作响的声音，亲手触摸那逐层垒筑华夏文明的块块青砖和片片灰瓦，亲身感受中华文明的厚重与质感。

弘济桥位於永年县广府古城东面，横跨滏阳河，桥身和桥面全用石块砌成，坚固结实，美观大方，拙朴典雅。但规模比赵州桥略小，在现存古代石拱桥中位居第二。曾於西元1582年（明万历十年）重修，因外形与赵州桥相似，又被称为赵州桥的姊妹桥，它已默默在滏阳河上横跨了大约一千四百年，见证过众多朝代的更替变迁。它曾是冀鲁豫三省交通要道，因「其

功甚弘，其利甚济」，还因修桥时有各方力量共襄善举，故取桥名为「弘济」。永年政府为保护这座古老石桥，已在其两侧分建生产桥和交通桥。两座新桥的建造，既方便当地生产和交通，又能有效保护弘济桥。如今，千馀年过去了，我和来自近十个国家的作家一起谈笑拍照，漫步古桥石板路上，怡然自得；俯瞰桥下石拱凌波，碧水潺潺；近观河边杨柳依依，鲜花簇簇；远眺广府河道蜿蜒，芳草萋萋——心中不由得对古人智慧发出惊赞，由衷为先民杰作感到骄傲，向这座民族智慧结晶油然致以敬意，对这份历史文化遗产虔诚注入深情。

广府古城距今已有两千六百多年历史，最早於春秋时就有文字记载，其城池形成於魏晋，战国时为赵国毛遂封地，隋末农民起义军领袖窦建德曾选择在此定都建立「夏国」。广府古城曾是明清时期邯郸的政经中心，也是杨式、武式太极发源地，被誉为「中国太极拳之乡」。古城处於永年洼淀中心，拥有国家级湿地公园，园内包含广阔水域和美丽葱郁的芦苇荡。游人如我等若深入其中，目力所及，定会有惊喜发现：这里水圆城方，万亩苇塘，千畦水稻，十里荷香。此时我感觉自己仿佛不是身处中原腹地，而是置身江南水乡。

据说永年洼淀有四万馀亩湿地，是继白洋淀、衡水湖之後的华北第三大洼淀。广府古城是世界夏令营基地之一，永年是继北京、宁波之後中国第三个世界夏令营基地。穿过有千百年历史的古城门，登上曾经战马嘶鸣、战火纷飞的古城墙，俯视那环绕城下、依偎城脚、碧波荡漾的护城河，远眺城外隔河相望的仿古建筑和波光粼粼的芦苇水荡，我不禁感叹岁月之

匆匆，天地之悠悠，沧海与桑田，远古与当下。和一众文友登上白色游轮，第一次置身於自中学阶段起就曾无比向往的芦苇荡，与成片茂密的初夏芦苇近距离接触，我怀著兴奋激动之情，将青青芦苇尽收眼底，贪婪享受眼前的绿色、眼下的碧水、拂面的苇风、和煦的阳光、岸边的美景，深深呼吸带有淡淡苇香和湿润水气的清新空气，尽情享受广府古城的人文和自然环境，这一切都令依恋古迹又热爱自然的我沉醉其中，流连忘返。

大名曾在西元1042年（宋仁宗庆历二年）被建为陪都，史称「北京」，又称北京大名府，金朝时曾为大齐都城。参观大名博物馆时，我得知大名府故城於1401年（明建文三年）因漳河、卫河发洪水而被淤泥埋没，现在这座故城仍被完整保留在地面四米之下的河沙中，相信这座宋城将来若出土，定会如义大利庞贝古城那样给世人带来震撼和冲击。到了二十一世纪的今天，当地政府於2009至2013年重修城墙，我和作家们在大名登上的就是重修後的明城墙。站在古色古香的城墙上举目四望，只见天空湛蓝如洗，城墙蜿蜒前行，两侧民居栉比，城门车辆出入，我眼前渐渐出现错觉，一时间，不知道自己是置身古代，还是身居当下，时空穿越之感迅速而强烈地刺激著我的大脑皮层。

走访考察邯郸，我不断在古代和当下之间进行时空穿越，大脑和心绪始终处於活跃状态，内心不停地为总在穿越的自己重新定位。最让我感觉彷佛穿越回古代的考察地点莫过於北响堂山石窟，它是响堂山石窟的一部分。据说石窟得名的由来是

因其建在半山腰，人们在其间谈笑、拂袖、走动均能发出铿锵的回声，故名「响堂」，是河北省现已发现的最大石窟群，也是中国首批国家级重点文物保护单位，响堂山还是四星级森林公园，国家4A级风景名胜区。

我所参观的北响堂石窟位于鼓山天宫峰西坡，共有洞窟九座，其中大佛洞规模最大，装饰最华丽。正面龛本尊释迦牟尼坐像是响堂石窟最大造像，背部刻有浮雕火焰，还有忍冬纹七条火龙穿插其间，雕刻精巧，装饰华丽，被视为北齐高超佛教造像艺术代表作。

在欣赏这些古代造像艺术品的同时，我的思绪情不自禁地飘向遥远的陕西乾县，在那里有一座巨大的古代帝王陵墓，即唐高宗李治和其妻武则天合葬的乾陵。一九九〇年代初，在乘车前往乾陵的路上，我看到道路两侧并排站立著众多外国使节的石像，这些石像和我眼前北响堂石窟的佛造像有个相同之处，那就是他们大多已不再完整，有的没头，有的缺胳膊少腿，有的甚至整个石像完全消失，只剩下空空的洞穴。问及缘由，导游们的回答竟然惊人相似：这些不完整的塑像有些被转卖，有些被破坏，而这些被偷被卖被毁的塑像或其部件，大多可能永远也无法复原，即使今后能找到那些被卖部件的下落，我们要为此付出的代价也难以估量。

虽然大多已不再完整，但这些洞窟及造像仍然色彩鲜艳，华丽精致，闪烁著先辈们创造力和艺术才华的光辉，我为这些一千五百年前留下来的造像和石刻艺术作品深深著迷，心中对北齐艺术家的辛劳付出和丰硕成果钦佩不已。

走出石窟群，站在其所在地的最高处，我有一览众山小之感：眼前的鼓山，正是初夏时节，满目清翠，无论是山上山下，还是山腰山脚，到处都是一派葱郁景象。我想，北齐艺术家们选择在此开凿洞窟，塑造佛像，刻经题字，应该是看中了鼓山绝佳的地理位置。面对如此迷人景色，艺术家们的创作灵感应该会如泉水般汩汩流出吧，如果有机会参与这一盛事，我也会毫不犹豫地全情投入的。

　　　　　　　　　　2016年6月26日，写於墨尔本。

北响堂石窟

關於「胡服騎射」的千年回想

　　参观武灵丛台是我2016年赴邯郸采风的行程之一，这处邯郸历史古迹记录著赵武灵王胡服骑射的军事改革故事。其改革经历和所取得的成就令我心生佩服，心潮起伏，脑海里不断想起历朝历代的改革事件及其成败得失。

　　中国虽有近五千年文明史，可除开改朝换代时发生的无数流血革命事件之外，历史上有记载的在和平时期进行的重大改革算不上很多，而且在可数的改革事件中，失败多过成功。如西元前365年的商鞅变法、西元前350年的秦孝公变法、西元後9-23年的王莽变法、490-499年的北魏孝文帝和冯太后的汉化改革、1069-1085年的王安石和宋神宗变法、明代张居正变法、1898年清末光绪帝戊戌变法和1978年邓小平改革等，以上所列历代变法改革，除了商鞅、秦孝公变法和邓小平改革取得了公认的成功之外，其他都算不上成功，甚至可以说失败了，而明代张居正变法范围则非常有限，只对朝廷财政政策做了些调整，严格说来他的变法行动不能算是一场全面的改革。

　　上述所列事件之所以成功或失败不是本文重点，本文打算重点讨论的是，发生在西元前325-299年间，赵国自上而下的

一次影响深远的改革事件——胡服骑射。学过中国历史的人对「胡服骑射」这四个字应该不会感到陌生，此故事主人公赵武灵王为使赵国强大，有能力抵抗胡人入侵，就动员王公贵族，号令全国军队，而且亲自带头行动，穿著「胡服」，苦练「骑射」，这个强军故事勾画出赵武灵王务实践行、勇於改革、有魄力有胆识的明君形象。

通过改革，赵国军队作战能力得到显著提升，不但彻底扭转赵国一度受欺挨打的局面，成功抵御胡人进攻，而且还顺利收复失地，消灭了曾经欺负过赵国的中山国，使赵国成为国力仅次於秦国的强国，而赵武灵王也因此成为历史上颇有名望的古代君王之一，因锐意改革且成效卓著而青史留名。这场改革之所以成功，关键在於赵武灵王善於总结经验，吸取教训，发现对手长处，找到自身不足，借人之长，克己之短，并在推行改革过程中亲自挂帅，意志坚定，目标明确，排除干扰，扩大战果。再加上赵国军民上行下效，上下一心，终於在短短不足三十年时间里使国力快速跃升，成功跻身於战国时期强国之列。

「胡服」指的是类似於西北戎狄（又称胡人）之衣短袖窄的服装，它与中原华夏族人的宽衣博带长袖大不相同，俗称「胡服」。其特点是窄袖短袄，人们穿起来生活起居和狩猎作战都比较方便。「骑射」指的是赵国周边游牧部族的「马射」，即骑在马上射箭，这种箭术有别於中原地区传统的「步射」，即徒步射箭；二者相较，胡人作战时用骑兵、弓箭，与中原人作战时用兵车、长矛相比，具有更大的机动灵活性。赵武灵王敏锐地发现了胡人的作战优势，为了富国强兵，他在邯

郸城提出著「胡服」、习「骑射」的改革主张，决心取胡人之长补中原之短。从此，赵国军队从宽袖长衣的军装，逐渐改为衣短袖窄的战服，顺应了战争方式由「步战」向「骑战」发展的趋势，为国家的稳固和发展奠定基础。而赵国也因此成为华夏民族最早拥有骑兵军种的国家，所以「胡服骑射」也为中原国家兵种的多元化发展做出了开拓性贡献。

　　赵武灵王在邯郸提出实行「胡服骑射」的军事改革主张距现在有两千馀年时间，在历史上原本就不多的和平时期重大改革事件中，其成功显得异常珍贵，他所身体力行的改革不仅对赵国，而且对整个中原华夏民族、对今天的中国都称得上影响深远，具有非常重要的意义。这场改革虽然最初只致力於军事领域，可到後来发展成为一场影响波及全国人民的全面改革事件，因为普通百姓看到军事改革成效而在日常生活中纷纷效仿，也著短衣窄袖服装，方便自己出行和劳动，因此这场改革能够自上而下得以成功推进。梁启超就据此认为赵武灵王是自商、周以来四千馀年历史中华夏第一伟人，其能耐足可与秦始皇嬴政、汉武帝刘彻、南北朝宋武帝刘裕比肩，是历史上四位有能力取得对北方游牧民族战争胜利的伟大人物之一，而且还是最值得後代子孙骄傲的一位。1903年，梁启超在《黄帝以後的第一伟人——赵武灵王传》一文中作如此评价：「七雄中实行军国主义者，惟秦与赵。……商君者，秦之俾斯麦；而武灵王者，赵之大彼得也。」梁启超认为他堪比俄国彼得大帝，盛赞他为「黄帝之後第一伟人」，对他的无比推崇溢於言表。

　　由此我想到了正在励精图治的当今中国，从1978年邓小平

锐意改革推行至今，中国几代领导人都在不断深入进行经济改革，在近四十年时间里，中国经济成就举世瞩目，国民生产总值已跃居世界前列，综合国力大大加强，在世界上的影响力越来越大，人民也快速富裕起来。这些成果的取得，既离不开几代领导人的改革意志，也离不开全国人民的上下一心，更离不开中国自上而下引进外资、引进西方先进科技和理念、开放搞活的共识，这一点与赵国胡服骑射的改革理念与实际成果有本质上的相通之处。两千多年前的赵武灵王，两千多年後的邓小平，两千多年前的胡服骑射，两千多年後的开放改革，彼此还真能产生前呼後应、异曲同工之妙。生活在国力强盛时期的中华儿女，真是幸甚乐甚！

2016年6月7日，写於墨尔本。

❁ 庄雨

　　原名张新颖，曾历任网站主管、中文报纸责任主编、公司翻译、专栏作家等职。现为大学中文教师和自由撰稿人。诗歌和小说多次获奖。定居墨尔本。著作多部。

　　获奖经历：《贵族蟹》，小说，首届太仓杯全球华文法治微型小说徵文，三等奖、《水的亲情》，诗歌，第五届炎黄杯诗歌散文大奖赛，银奖、《归航》，诗歌，张三丰杯邵武诗歌大奖赛，优秀奖、《莲的轮回》，诗歌，首届莲花杯诗歌徵文比赛，优秀奖。

　　著有：《师从天才——一个科学王朝的崛起》（与人合译）、《GMAT宝典》（与人合著），散文集《自在行走》以及小说《渡雪门》英译本。

诗二首

崖柏

拥猎猎长风
聚大地芳华
终於结成太行翡翠
香入一滴慈悲泪

佛珠只须一串
便彷佛置身整座森林
蝴蝶轻轻舞动翅膀
风便香了

岸

馥郁的花瓣融入清涟
饮下一杯浴佛之水
有我，无我
此岸，彼岸

积民微评

　　世俗中人，總是喜歡走極端。要麼沉醉於世俗之中，被物慾所淹沒，追名逐利，遺失自我，不知人生價值為何物，不知種福田所為者何；要麼幻想絕塵出世，浮游於九天之外，實則塵根難斷，天梯飄忽，在塵與外之間反復煎熬。真正的詩人正是自由翱翔於塵與外之間，既心系眾生的喜怒哀樂，又出污泥而不染！心香一束，心花一朵，於清蓮之上。在心緣的漣漪中物我兩忘，蕩滌無邊之心境，溫熱無垠之胸懷，在積極進取、舍我其誰的詩人心中，此岸即是彼岸！看來，莊雨已經看到了「得道」的菩提……

佛都结佛缘

　　河北省邯郸市是中国历史名城，六朝古都。其佛教文化也渊远流长。世界华文文学交流协会一行十八位文友应邯郸旅游局盛情邀请，由心水秘书长任团长，在美丽的五月开始了邯郸访问之旅。据邯郸旅游局苑清民局长介绍，邯郸的北响堂山石窟和洛阳的龙门石窟以及甘肃的莫高窟齐名，并称佛教三大石窟。

　　此外，在众多旅游景点，比如京娘湖、娲皇宫，都或有佛寺、或有珍贵的佛造像馆和磨崖石刻。我更是在七步沟的佛寺，有一段难得的奇遇。

　　当时转入庙堂，我和池莲子老师一起，对佛像合十礼拜。这时，女住持特地出来，对莲子说，看她特别虔诚，可以浴佛。我们才知道，前一天正是浴佛节，因为下雨天气，来浴佛的信众不多，所以浴佛持续到第二天，正巧被我们赶上！我们毕恭毕敬地把浸透了清莲叶、莲子和莲花的净水淋在一尊金色小佛像上，是谓浴佛。然後按照住持所说，取一杯浴佛净水饮用，据说可以消灾免祸。

　　这番仪式过後，我和莲子都落在诸位文友後面了。然而浴佛圣水甘洌清新，又具备佛的法力，使我们心底感激长存。我

和莲子首次见面，也因为这次佛遇，开始如同旧时游。可谓一见如故。

因为我的右肩在运动时不慎拉伤，身为中医的莲子自告奋勇，说来给我揉两下胳膊，我期待的也是如此。莲子医生带来了她的小药箱，我也没在意。等她揉两下、敲两下後，我低头一看，手腕处不知何时多了一枚银针，一股既麻且胀又痛的奇特感觉传来，自己顿时就惊得不敢动弹。

这是我平生第一次针灸，又惊又喜。惊的是完全出乎意料！只道针灸是祖国医学绝技，想不到就这麽和绝技相遇；喜的是医生就是文友诗人池莲子。我们共同爱莲，几天共游，早已经没有了拘束感。

莲子姐姐太亲切和霭了。她一边和我聊天，一边在我的肩、颈和头顶扎了数根银针，并安慰我说：「很多人第一次针灸觉得受不了。你怎麽样？感觉太厉害的话，就说一声。」

这激将法真管用，我连忙表态：「没什麽，我感觉还行！」同时一直笑眯眯，证明自己很坚强。

「这是风啊。」她诊断说。

我似懂非懂，揣测可能是寒风钻进自己的肩膀去了。心底油然升起一股崇拜之情。

运了一番针後，医生开始拔出银针，贴上一块小膏药。我一边不停地致谢，一边把莲子送到门口。我是她当晚诊治的第五位病人，时间已是深夜。

第二天，我的老肩膀果然好多了，似乎又恢复了青春活力。

莲子在旅途中不仅给别人带来奇遇，还讲述了她自己的许

多奇遇，比如：遇见佛。

一次，她访问某座佛堂。住持指著海上一艘船问：「你们看见什麼？」

大家皆曰：「看见船。」

住持点化说：「其实你们看到的只是船的一面。它的上面、下面、里面和背面都看不到。」

莲子闻听此言，顿时开悟。

佛都巡礼，不仅止於七步生莲。在响堂山、在京娘湖、在甘露寺，无不浸润著佛之甘露。

北响堂山位於峰峰矿区鼓山。存佛像四千三百馀尊，首开三面开龛塑佛像的先河，并有多处彩绘，佛像形态各异，精美绝伦。主要集中了东魏和北齐朝代的佛像雕刻。规模宏大、装饰华丽。其中大佛洞高达十二米。纵深开阔。这里的一些菩萨造像和衣饰也开始显出柔美的线条。

甘露寺是文友张可成为佛门居士之地。始建於北魏时期，已有一千四百多年历史。唐代重建後，由甘草寺改名甘露。那天，住持究成大法师亲自率领法众迎接我们，带大家参观，并赠送珍贵崖柏佛珠。

最後转入经堂，我们每人面前一本，用来抄写《般若波罗蜜多心经》，而且专门请来邯郸杨氏太极拳传人杨建超大师表演杨氏太极拳。他率众人白衣飘飘，柔中带刚的表演堪称太极拳之经典。

杨建超大师介绍说，杨氏太极拳舒展大方、行云流水、下盘稳固、顶天立地、并搜上之气抵达足底涌泉。它要求气沉丹

田，充分体现了中国的含蓄文化传统。

　　甘露寺秉承佛教文化，也不忘融汇中国儒家和道家精髓，儒、释、道一家，善莫大焉。

白云禅寺

邯鄲：六朝古都，燕趙勝景

邯鄲遊歷一周，彷彿行走在醇厚怡人的書香裡，悠遠的歷史近在眼前，璀璨的文化典籍一一鋪陳。

邯鄲享譽「成語典故之都」。第一天，就獲贈一本大書《邯鄲成語典故》，如獲至寶。勝景迭連，正愁沒有頭緒，這本《典故》提供了一個很好的索引。

這本書由邯鄲旅遊局苑清民局長主編，按先秦、秦漢、魏晉南北朝、隋唐至元明清的歷史朝代分成幾部分，又按詞源、注釋、釋義、書證、考據等對每一條成語進行全方位詮釋。述其本末，非常詳盡。

首先應該談一談「胡服騎射」，講的是趙武靈王學習他人長處、絕不固步自封的故事。趙國當時國力弱小，屢被周邊的胡人欺負。武靈王觀察到胡人著短衣長褲，騎馬射箭，靈活自如，遂決定從改變戰士的服裝開始，訓練騎射，終於在戰場上凱旋，迅速提振趙國國力，躋身戰國七雄之列。

武靈叢台遺址是武靈王閱兵和娛樂的高台，原來有好幾處，故名叢台，現在還有一處較為完整地保留下來，地處邯鄲市中心，雖然周圍現代化的高樓林立，叢台卻仍然巍峨莊嚴，

它凝聚了千年的历史故事，见证了千年的辉煌和沧桑，抚今追昔，不能不令人感慨万千。

有一个著名的成语「黄粱一梦」，又称「一枕黄粱」。邯郸有吕仙祠，为纪念道教仙人吕洞宾所设，位於邯郸十公里处，占地广大，每逢庙会时访客众多，香火鼎盛。这里面居然也生动地阐释了「黄粱一梦」。此条成语源於唐代沈既济的传奇《枕中记》。故事梗概是一个名为卢生的秀才，到某店寄宿，吕仙赐一个瓷枕，卢生梦中见瓷枕小孔渐渐变大，就进入一游，历经飞黄腾达，醒来发现店主蒸的黄粱米饭还未熟呢！

吕仙祠的最里面有卢生的卧像。通体闪闪发光，倒不是成了圣贤，而是访客从头摸到脚，希望能经历卢生的枕中世界，在现实生活中美梦成真！

卧像的四壁画了彩绘壁画，描述卢生的梦中情景：先是高中状元，当了驸马；後拜大将军，功名盖世。然而遭谗陷害，险些丢了性命；最後沉冤昭雪，平反。刚舒一口气，却不慎跌倒，健康每况愈下。走到人生尽头时，大梦方觉。有道是：「吕翁一饭青瓷枕，点破人间万古迷」。

庙门口有一个大大的梦字石碑。由陈善礼先生书写。一个梦字，加上空隙处的小字，解释了梦中乾坤，很有意思。引得许多游客拍照留念。据导游介绍，大字是阳刻，里面的小字是阴镌，体现了道家阴阳和谐的主要思想。

邯郸据说三千多年名字未改，很可能因为声名在外，早已经入典。「邯郸学步」是大家耳熟能详的成语，大意不需赘述。不过邯郸旅游局导游倪洋的解说令人耳目一新。据说，燕

国的学步之人学的不是一般的步子，而是邯郸人擅长的某种优美的舞步。这种舞蹈看来具有相当难度。

邯郸是三国故地，六朝古都。临漳县的邺城是曹操建都之地，至今已经有两千七百年的历史。从齐桓公建筑邺城开始，千年间作为都城阅尽曹魏、後赵、冉魏、前燕、东魏和北齐六朝故事。

现在的邺城存有三台遗址，就是曹操所建著名的金凤、铜雀和冰井三台。关於建安文化的成语很多，比如「建安风骨」、「望梅止渴」、「煮豆燃萁」等等，无不带有丰富的历史文化内涵。

现在只有金凤台保留了台基。拾级而上，越过漂亮的山门和红墙，游客就可以登高怀古了。据说当年高八丈、台上有一百多间房屋，登台可俯瞰全城。现在金凤台上的这些房屋已经荡然无存。明朝中期以後，由於河流改道，河水带来的泥沙更是把铜雀和冰井二台埋於地下。当年杜牧著诗「东风不与周郎便，铜雀春深锁二乔」，现在看，铜雀高台安在哉？站在金凤台的台基上，真的觉得人生好短暂，不过，文化源远流长，掠过身边的风应该还和古时一样吧？

有意思的是台下还存有一个曹操时代的转军洞，是邺城通往城外的秘密通道，长约六公里。一旦有战争，可以调兵遣将，神出鬼没。现在的转军洞残存八十多米，保存下来很不容易，它仍然是曹操军事天才的见证。

这让我想起了中学校园里的防空洞。那时面临高考，每日又枯燥又紧张。不知是谁发现了那个隐蔽的入口，於是几个同

学鱼贯而入，来了个秉烛游。虽然出来的时候被老师堵住，在校长室检讨半天，但是当时的兴奋、新鲜和激动，二十年後仍然记忆犹新。

说到保卫城池，广府古城有个瓮城，不能不提。看到它就想起成语「瓮中捉鳖」。这是个城外城，两道城门一关，就像个大瓮，即可捉住来犯之敌，也可用於防洪。

据张士忠和李亚先生编著的《广平府》一书，广府是广平府城的俗称，也称作永年古城，位於永年县，「城四围环水，碧波荡漾，孤城岛立，气势雄伟，历为政治、经济、军事和文化中心，兵家必争之地。明代陆泰的《记略》中有记载。

广府又称永年，曾经的地方父母官可是一位名人，毛遂。他的事迹见司马迁所著《史记．平原君虞卿列传》。毛遂原是赵国平原君赵胜的下级门客，在秦国围困赵都邯郸後，自荐加入平原君的出使团，说服楚王合纵抗秦，救了赵国。这就是成语「毛遂自荐」的由来。他的封邑是曲梁，即现在广府一带。

毛遂走马上任後，开始疏浚河道，治理水患，低洼地遍种稻米，农田种各种蔬菜和粮食，使当地百姓的生活大大改善。人们为纪念他，把他安葬在古城内，墓高三丈，至今其墓地都是平干八景之一，名流千古。

广府古城较为完整地保留了原貌，城墙和四处城门犹在。更奇特的是，它仍然服务著二十一世纪的广府百姓，古城里有几千户居民，集中了当地的小学和中学。站在城墙上观看人们进出城门，游客不免有种神奇的穿越感觉。在瓮城，我注意到一位老伯，手扶著自行车把，正要穿过城门。这是他每日生活

之地，我们这些游客却奉为神奇，手持相机四处留影。难怪他脸上露出略微疑惑的神情。不觉间，我们和他成为了彼此的风景。

不知老伯是否了解自己居住在一个福祉之城，因为广府的历史太悠久了。广府古城和宣化古城为华北一带仅存的两处明代古城。

历史有什麼用呢？我自问又自答。只觉得它具备了不起的神妙作用，能令人突然陷入沉默；令夸夸其谈变得谦卑。时间，再也不抽象，而是结结实实、厚厚敦敦地矗立在面前。有感于此，不禁写了小诗一首：

树叶，优雅的舞者
当它换上金色舞裙
它就成了时间

花瓣也一样
当它们不再手牵手
而是各自飘零
它们美丽的额上写著时间

可是当我望向古城墙
那斑驳参差的伤痕
每一条砖缝中都藏著一千年
我该如何担负

这份沉重的骄傲？

时间！

在澳大利亚墨尔本讲授中文，我讲到汉语是世界上唯一几千年不间断使用、并且仍然迸发青春活力的语言。每个汉字，每条成语都蕴含著故事。我想自己的表情一定很生动，如同一个英国人讲起莎士比亚。

邯郸就像一颗夜明珠。在浮躁的世界里，它并不光彩夺目，然而若你静下心来，睁开慧眼，便会被它悠远深邃的光芒迷住。

邺城博物馆

寒川

　　原名吕纪葆，1950年出生於金门。前人民协会出版主任、现任新加坡锡山文艺中心名誉主席、新加坡武吉知马海南联谊会文学顾问、新加坡吕氏公会出版顾问、新加坡华中校友会编辑顾问、新加坡浯江公会文书、中国安徽省马鞍山市归国华侨联合会海外顾问、台湾金门县政顾问、印尼华文作家协会海外顾问、印尼国际日报《东盟文艺》副刊统筹、印尼印华日报《东盟园地》副刊主编、印尼《印华诗刊》与《印华文友》顾问、印尼中华艺术书画协会海外顾问等职。

　　已出版《树的气候》、《银河系列》、《金门系列》、《云树山水间》、《文学回原乡》等著作二十种。另主编《华实串串》、《华岗依旧》、《新加坡金门籍写作人作品选》和《锡山脚下》等七种。

邯郸组诗十首

今年五月，受邀参加「世界华文作家交流协会」与「邯郸市旅游局」联合主办的邯郸采风录，遍游该地多个历史文化景区，归来乃作诗十首，记下此次旅程的体验与感悟……

梦悟黄粱

不能不承认
蓬莱仙境
想见的只有吕洞宾
八仙过海
早已熟悉不过的神话
却惊讶於乾隆的御笔
不如仙笔

或许不用毛笔

不用墨

一把笤帚沾上菜汤

也能飘逸挥洒

於是「蓬莱仙境蓬莱客

　　万世儒风万世诗」

泽沛苍生

终於梦睡，一生匆匆而过

竟是一场

黄粱梦

今夜，三杯黄酒下肚後

应该有梦

梦在邯郸

2016年7月6日

娲皇宫

女娲补天

传说中的故事就在眼前

走进补天广场

走近华夏祖庙

女祸抟土，炼石补天

或许，那块北齐的摩崖石刻
已能告诉你这座祖庙有多早
女娲，有多久

导览图告诉我们的
许多亭、许多宫、许多台
其实都去不了
但见山，却不见水
补天湖让我缘悭一面
念念不忘朋友说的
黄昏泛舟湖上
再浪漫不过了
而那儿的水杉林
好美

浪漫也罢，美也罢
如果还有机会重游
那一顿晚餐
我最喜欢的
驴肉香肠
一定再点
吃多
几口

2016年7月8日

京娘湖

且不论是否千古谎言
就爱听那一首歌
行侠仗义
这才是开国元勋赵太祖本色
至於「黄袍加身」
纯属政治手段。陈桥兵变
也绝非「千里送京娘」的
凄怨与美丽

而今，帝王情史

就在出山的李增书身上
绿水丹崖
却让我痴迷
迫不及待地滑索
企图瞬间一览众山小
横渡京娘湖

最美丽的或许是
走出大山创业的故事
三十年，京娘湖十八景
如此一年又一年
在太行山东部
漂亮崛起

2016年7月14日

七步沟

七步便一沟
殊不知七步莲花
每一步都是佛的脚印
只是偌大的古佛地
南蛮匆匆而来
还带著笔
写生

最惬意的莫过於绕湖一匝
登上湖中楼顶
眼帘下是天镜
便再也不需要
望天
问天
毕竟心如明镜
何来烦恼
便只有怨天了

沿著两旁尽是
罗汉的雕像
既登上了白云禅寺
爬上了迂回的山崖
当年的南方僧人不在
而今，在此修行的尼姑
以一身超脱
双手合十
迎我

2016年7月16日

北响堂石窟

在山腰，石窟群
闻说有佛像四千多尊
拾级而上
记不起多少个石阶
身後是作家们的身影
还有隐约传来的
铿锵回声

龙门、云岗石窟没见过
智慧北齐王朝的佛像艺术
让我不得不赞叹
这就是鬼斧神工

总感觉不尊不敬

在神像前留影

返身，双手合十

还没说抱歉

却发现，那一尊神像

微笑看我

不愠不怒

2016年7月22日

武灵丛台

也许梁启超没说错

尽管高估了武灵王

但征服北疆

甚至中山国

也够让赵

在七雄中傲然睥睨

直追秦

三十年功绩

断不是胡服骑射如此简单

如今站在武灵丛台

环视大地

当年阅兵赏舞的豪迈气派
不就像今天
在天安门？

「传阅宫苑是蓬莱
　丛台高耸云霄外」
想著古人如此赞诵
我却只能在「据谢亭」一隅
看著落日馀晖
长长
远
去

2016年7月24日

大名府

车子走进大名府
邓丽君的「小城故事」倏地响起
原来，这里有「筠馆」
邓小姐的美妙歌声
萦绕在馆内的每一寸空间
而她，活著时始终不曾有机会
回家。因她而鼎鼎大名的
祖籍地

春秋战国以还
二次国都、七次陪都
也够大名鼎鼎了
遑论「水浒传」名著里
笔尖下处处是
大名府

最令我啧啧称奇的
无非是刘遵宪花园旁的
卧龙古槐
红绸满身
据说是
宋代便流传下来的古树
引来香火不断
焚香
千里

2016年8月3日

馆陶粮画小镇

一艘玉米装饰的小船
扬帆处是「海增粮艺」
远处是山
顶上一面红旗
骄傲地飘扬

（原来，这里是中国十大美丽乡村）

谁能相信，粮食也能作画
这五谷杂粮和草籽
一番防腐处理
从人物到风景

拼贴成图
於是成为粮画
罕见的艺术品

小镇村子里的抗日英雄事迹
增加了美丽乡村的魅力
而那年康熙南巡
馆陶黄瓜
让吃腻了山珍海味的皇帝
直说鲜嫩清爽
名不虚传

我们却没有如此幸运
或许不是餐饮时刻
只好赶著大巴士
暮色中回到现代宾馆
吃著珍馐佳肴
却找不到
馆陶来的
黄瓜

2016年8月5日

广府古城

走在弘济桥上
发现小立狮形石柱旁
以滏阳河为背景
或是广府古城墙
都是很美的
画景

步上城墙
这儿还是太极圣城
闻说一代宗师杨露禅
还有武禹襄
便曾在城垣上
以行云流水式的太极拳路
让古城展现风采

二千多年过去了
古城这幅江南水墨画
岸边不时有人舒展太极
杨氏也罢
武式也罢
在这一块旱地水城

轻轻舞起
一剑的翠绿

2016年8月7日

甘露寺

踏入古刹，蓦然惊觉
脚步下的足迹竟然如此重叠
有一部分娇柔纤细的
那是南阳公主妙招善
隐居修行。在此
忏悔父王的暴政

桌上横放著的是般若波罗蜜多心经
世界和谐
　　　从心开始
与人和谐
　　　从我开始
如此鲜明

走过古典式的长廊
山水画中我寻找
一些禅语、几声梵音
偶尔抬头

祥龙欢腾
释迦摩尼
正坐在莲花宝座上
庄严地看著
远方

2016年8月10日

林锦

林锦，原名林文锦，华中师范大学文学博士。新加坡作家协会受邀理事，锡山文艺中心理事，新加坡五月诗社会员。曾主编《文学》、《锡山文艺》，编辑《微型小说季刊》等。

林锦作品以微型小说、散文为主，也写诗、散文诗、文学评论。已出版著作有散文集《鸡蛋花下》、《乡间小路》，微型小说集《我不要胜利》、《春是用眼睛看的》、《搭车传奇》、《零蛋老师》，学术论著《战前五年新马文学理论研究》。《林锦文集》被列为「东南亚华文文学大系新加坡卷」丛书之一。曾获新加坡「罗步歌散文创作赛」首奖、世界华文微型小说双年奖（2012-2013）三等奖、「莲花杯第三届世界华文诗歌大奖赛」（2015）铜奖。

梦里的邯郸

　　求学时读中国历史地理文化，接触了许许多多的人名地名，邯郸是其中一个地名。中国许多地方的名称，随著时代的变迁而改变。邯郸却一直流传下来，一直保存著，数千年不变。邯郸这两个字就是地名，没有其他意思。我年轻时想像力比较丰富，根据读音，就把邯郸想像为「含丹」，含在口里的丹珠，龙珠。中国是龙的故乡，龙是神话里的瑞兽，象徵中国。龙含著龙珠，就像邯郸於中国，是颗闪亮耀眼的珠子。

　　知识渐长，知道邯郸历史悠久，文化底蕴深厚，孕育了许多精彩的成语典故。而我对邯郸印象进一步加深，是由於认识了一位邯郸朋友。那是1994年，新加坡主办第一届世界华文微型小说研讨会，中国来了几位微型小说作家，其中一位来自邯郸，他就是张记书。他人好，忠厚老实得不像话。我就想，邯郸的确是个好地方。二十多年来，我和记书的联系断断续续，记书说他的宝贝女儿张可，从小喜欢读我的微型小说。记书老老实实抓笔杆，就是不信电脑的键盘，所以後期跟他联系，就通过张可。我讲这些，是因为和邯郸有关系。怎麼没有关系呢？今年五月能来邯郸，就靠记书父女帮忙向秘书长争取的。

我终於来了，邯郸。

出发之前，到网上看资料，看到有一处说邯郸是中国雾霾最严重的地方。我对邯郸的印象开始模糊了，像雾里看花。来到邯郸，眼前一亮，蓝天白云，一点也不朦胧。翻著邯郸市旅游局印发的旅程册子，一切的美都在里面了。一周的行程，排得密密实实。那辆冷气大巴，就顺著车里的访客的意，在路上几小时几小时地奔驰，每到一个目的地，它就耐心地停在那儿等候，等大夥儿张大眼睛，张大照相机的嘴巴，把邯郸美丽的山河都吃进去。

我们采风的起点是临漳邺城遗址和博物馆。14日早上到吕仙祠，在绵绵细雨中的花伞下做黄粱梦。然後到涉县一二九师司令部旧址，看了当年艰苦抗日的旧物和人民舍身杀敌的老照片，梦立刻惊醒了。下午进了娲皇宫，大夥儿被连绵的雨困住，上不了山，便在山脚下女娲塑像周围观景。隔天匆匆赴武安京娘湖，想像赵匡胤千里送京娘的爱情故事，好一个「情湖爱岛」。然後前往也是山山水水的七步沟，接下来去了北响堂寺石窟、磁州窑富田遗址和武灵丛台，它们历经千年岁月洗礼，依然壮观。跟著去大名参观也是历经沧桑的历史古迹明城墙，石刻博物馆正在维修改造，不能去。下午去了馆陶粮画小镇，没能去石刻博物馆的遗憾便一扫而空。《陶山》杂志主编散文家牛兰学亲自陪同，带我们到这个用粮画装饰得美轮美奂的「中国十大最美乡村」。集古城、水城、太极城於一体的广府古城，是行程册子中的最后一站，我们兴致勃勃地坐船在芦苇里穿梭，登上高高的古城远眺祖国的山河。

张可特地安排的参访甘露寺活动结束後，大夥儿匆匆赶去广府会馆用午餐，旅游局苑清民局长开会去了，由副局长陈军老远赶来送行，看著大家依依不舍地直奔郑州。

　　我也告别了梦里的邯郸，邯郸的情，邯郸的景。

2016年8月31日

左起：周永新、婉冰、林锦和心水合摄弘济桥

漫步粮画小镇的童话世界

小镇是个吸引力磁场

住惯大城市的人，喜欢到古镇和小镇看看。邯郸是历史文化古都，有许多古镇。我们这次去参观的是古老的馆陶县内的粮画小镇。

5月17日，大家在大名宾馆用了丰富的午餐，便匆匆出发了。大巴在路上平稳地行驶，不急不徐。我坐在车里很舒服，有种车子最好不要停下来一直往前走的感觉。晌午，艳阳高照，宽敞平坦的道路两旁的风景线显得格外亮丽和生机勃勃。帅哥倪洋用一把悦耳的嗓音，扼要地介绍了我们要前往的馆陶县寿东村。他也许要保留一些粮画小镇的神秘感，让我们亲自去探索，不多说一些无关紧要的应酬话。

我看著沿途的风光景色，晴空朗朗，回想著今早参观天主大教堂兴化寺。领我们进去教堂参观的那位中年修女非常非常严肃，除了认真介绍教堂的历史，她不断地强调在教堂内要遵守的规矩。走出教堂，我的思想在邯郸晴朗的蓝天自由飞翔，想到就快到美丽的粮画小镇，我的心更贴近邯郸这片美丽的神州大地。

馆陶县有个粮画小镇

到邯郸之前，我已收到行程安排。行程表上列了许多景点，都很吸引人，其中馆陶粮县画小镇最吸晴。出发之前，我利用一点时间做了功课，上网了解馆陶县。

我虽然有点累了，但还是翻看著带来的复印资料。

「馆陶，邯郸东部一个典型的平原县，不临山，不靠水，没古迹，在没有任何旅游资源的情况下，却别出心裁，从美丽乡村建设入手，建成了数个特色小镇，成为城市居民趋之若鹜、争相游览的度假休闲去处。」

没有山山水水，没有历史古迹，而能让游人「趋之若鹜、争相游览」的景点，不是一个充满创意的童话世界麼？馆陶县有许多小镇，鹊桥小镇、黄瓜小镇、羊洋花木小镇、杂粮小镇、粮画小镇等等。旅游局只安排我们去参观粮画小镇，因为它是馆陶县最美丽的小镇，被评选为2015年中国十大最美丽的乡村之一。

我感到好奇的是粮画。什麼画我都知道，就是没听说过粮

画。上网一查，原来粮画就是以粮食为材料的画作。

「粮食画是古老的中华绝技，有著悠久的历史。馆陶粮食画相传在清朝末年开始兴起创作，是民间文化的重要组成部分。粮画是以各类植物种子和五谷杂粮为本体，利用粮食原色，吸取国画、浮雕、装饰等传统工艺的精髓，通过粘、贴、拼、雕等手段，利用其他附料粘贴而成的山水、人物、花鸟、卡通、抽象图画，既具有北方的粗犷、豪放，更具有南方的细腻、清雅，气势雄伟，精湛绝伦，是原生态和纯绿色的艺术品。」

看了介绍文字，你知道什麼是粮画了吧？是不是很特别，很童话？

海增粮画体验吧

奔驰了约一个小时的车程，粮画小镇终於映入眼帘。邯郸作协牛兰学副主席和村第一书记刘振国先生热烈欢迎心水秘书长和一群来自世界各地的客人。

景区入口处，一对数米高的褐色粮仓造型分列两旁，用千根秸秆扎成的圆筒形，从上端垂下一大圈特大的麦穗。这是粮食啊，展示著粮画小镇的主题。广场正中央，是一只帆船。近看，帆船竟是由无数根玉米棒子制成的。风帆上挂著四个大字「海增粮艺」，应该是粮画家张海增的杰作了。

往前走，左侧是一座灰墙脚白墙壁灰瓦的建筑物，是「海增粮画体验吧」。我们掀开遮住窄门的竹帘鱼贯而入。环视，

一面墙上安装了一个非常精致的工艺架子，高低错落地摆了数十形状各异的瓶瓶罐罐，玻璃瓶内的种子和五谷杂粮，黑白红黄绿。讲解员说瓶子里五谷杂粮和种子草籽呈现的都是原色，都经过复杂的防虫防腐加工，是粮画的主要材料。墙上挂的粮画，自然山水、花鸟虫鱼、古今人物、民居街景、古镇风情，什麽样的题材都能入画，包括毛主席和习主席的画像，都惟妙惟肖，栩栩如生。以粮料制作的八个大字「以粮作画精艺创新」，说明粮画需要以精巧的艺术手法完成，非一般以笔作画。上面说过，粮画通过粘、拼贴、雕等技术，利用其他辅料制作而成。这些画以国画、浮雕的风格呈现。站在远处看，跟一般画作无意，近距离观赏，仔细端详，黑芝麻勾勒，黍子填实，草籽点睛，全是由粒粒皆辛苦的种子杂粮草籽粘制而成，呈现很强的立体感和光感。当你闭上眼睛，似乎闻到五谷的香味，听到风吹草叶的声音。

房子墙上的壁画

走出粮画体验吧，温煦的阳光让人欢畅。主人领我们到游客中心。中心很新很宽敞，乾净明亮。里头有接待室、产品展台。我们进去时，正在播放介绍小镇的微电影，唱著「我在小镇等著你」的歌曲。我们在歌声中欣赏著许多精美的图文，介绍馆陶的各小镇，如李沿村羊洋花木小镇、郭辛庄杂粮小镇等等。除了粮画，展台上展示著许多葫芦的雕绘作品、秸秆画和黑陶。

粮画小镇保留了土坯房时期的村容。在骄阳下倘佯在小镇上，我发现房子的墙脚地上都是低矮的花草，树木都不高，叶片稀疏，应该是从别处移植来的。从小镇的新，从小镇的整齐乾净，没有果皮纸屑，甚至没有落叶，可以看出那是由原有的村子经过周详规划建设而成。经过整修的古朴老房子，墙壁几乎都漆上白色。墙上镶嵌了许多各式各样题材的精美漫画和粮画。走在静静的巷子里，看著满墙的壁画，我想起去年11月游览马来西亚槟城壁画街的情景。那里的壁画街在市区，马路不宽，摩托车、汽车川流不息。人潮滚滚，许多游客抢著拍照，遮挡了墙上的艺术，不让你尽情观赏壁画。槟城壁画的特色是以实物构成漫画的一部分，如一幅名闻遐迩的脚踏车壁画，在画上镶嵌了部分脚踏车的构件，画与实物融为一体。游客可以倚在画作上，抓住手把，作状骑脚踏车，摆各种姿势入镜，其乐无穷。相对来说，粮画小镇的壁画意境比较深远，适合静静地观赏，完全融入小镇似真似幻的童话世界。

村史馆、老房子和艺术品

讲解员领著我们左弯右拐，我们漫步在小镇上，几乎看不到行人。除了我们一群，没有其他游人。可能不是周末吧。除了民宅，我们看到许多有特色的房子，茶馆、陶吧、古韵葫芦坊、蛋雕画坊、殷氏陶艺店等等。「七〇记忆主题餐厅」的名字很标新，「粮画农家餐厅」，土墙、草顶、木门，就像一个旧式农家。路过「天成阁」，那是一家麦秸画创作室，我们没

有进去参观。我们倒看到了一幢百年老民房，墙壁底部是砖，上部是土，土砖上的隙缝长了一些杂草，透露了一些沧桑。这栋百年老屋经历了近代战火和大洪水的摧残，还坚挺地屹立著，这是寿东村保留的历史遗迹。

接著，我们到村史馆参观。馆的面积不大，展出了一些农具、纺车。墙上挂了一些寿东村演变的文字和图片，讲解员和牛兰学主席亲切地介绍了寿东村的由来。这个与世无争的南彦寺村，曾经在1943年被五百多名日伪军扫荡，张寿山为保护村民而壮烈牺牲。为了纪念他，南彦寺村後来改名为寿山寺村，也就是现在的寿东村。当年侵略者屠杀掳掠奸淫的暴行，居然也发生在这麽一个和平宁静的村子里，可以想像，神州大地曾经承受了多大伤天害理的蹂躏。

粮画小镇的另一特色，是街头巷尾突然出现的一些艺术品，在没有心理准备时让人惊喜。一尊雕塑，把十几扇过去村民用的旧磨盘不规则地叠放在一起，弯曲弧度适中的造型，辐射著村民的劳动精神。用粮艺塑造的有城堡模型和巨大葫芦，全是用玉米棒子组合而成。城堡有朱红的大门，有城墙垛口。城堡前还设有休闲木椅，犹如公园一角。大葫芦挂著福禄寿三个大字，三个娃娃在葫芦下嬉戏，谱写著淳朴的农家乐。最受欢迎的是老辘轳水井，一口老井，装上走进历史的辘轳，背後的一垛矮墙，漆上白色，上书红色大字「老井故事」，非常抢眼。女士小姐们都不放过机会和老井合影，把自己写进小镇的老井故事里。

作家尽情挥毫作画

我们接著拜访「世界手工画展室」。入口处是两边民宅的一条小巷，用木撑起的一块横匾写著古朴的「世界手工画展欢迎您」。入内，展室相当大，宽敞明亮。三面白墙上挂了几十幅画作，有两个画家在大长桌上画画，来访的几位作家看了技痒，跃跃欲试。在牛主席邀请下，荷兰池莲子挥毫，写了「粮画艺术扬世界」，马来西亚朵拉、德国谭绿屏、澳洲庄雨同时画画。牛兰学站在她们旁边，聚精会神地观赏她们展示才艺。朵拉和谭绿屏是画家，庄雨学画一年。三人不谋而合，全画了莲花。画完了，书画家与自己的作品合影留念，都露出满足的微笑。我想，我们来粮画小镇，如果能用粮食作画更切题。但用粮食作画，需要专门的技艺，同时，作粮画非常耗时，不可能在短短的半小时内完成佳作。

粮画小镇还有许多设施，如文体广场、竹池运动场、乡村文化站、农家书屋等等，由於时间关系，我们没有机会去参观。希望以後有机会再来这个美丽的小镇，尽情游览。

绿化胡同里的美丽乡村之歌

离开小镇之前，导游带我们走进粮画小镇的绿化胡同。几条小镇胡同都搭了亭架，亭架两侧种了紫藤、葫芦、葡萄等植物。这些攀爬类植物缠绕著亭架的柱子往上生长，匍匐在亭架

的顶端，成了天然的遮荫屏。小镇精心建设了紫藤长廊、葫芦长廊和葡萄长廊。我们在爬满藤蔓的亭架下漫步，感受自然的诗意，别有一番情趣。

这次到粮画小镇，另一个收获是认识了《陶山》杂志主编牛兰学主席。我一路来注意散文创作理论，台湾主要研究散文的学者是郑明娳教授，中国研究现当代散文的学者是林非先生。为表扬林非对散文研究的贡献而设立了林非散文奖，牛兰学以《御河，1943》荣获2015年首届林非散文奖。他之前也荣获了第六届冰心散文奖，是著名的散文家。他编著的《美丽乡村之歌》，收集了多篇描写馆陶特色小镇的散文。我这次写这篇小文，他也热心地提供了许多资料。

傍晚时分，我们走出来童话世界，告别了粮画小镇，告别了最美丽的寿东村。明天下午，我们便得留下不舍，离开邯郸，坐车到郑州机场回国。什麼时候再来粮画小镇？再见童话世界？等那麼一天吧。我的答案。

2016年8月29日

王学忠

　　诗人，中国作家协会，出版诗集《未穿衣裳的年华》
《挑战命运》《我知道风儿朝哪个方向吹》等十二部，其中
三部为中英文对照。《人民日报》《文艺报》《文学评论》
《诗刊》《文艺理论与批评》等百馀家国内外报刊，发表对
其诗歌的评论三百多篇，结集出版《王学忠诗歌现象评论集》
《王学忠诗歌研究论稿》和《诗人王学忠评传》等七部。

流连忘返京娘湖

　　青少年时代的我就喜欢读书，印象最深的是施耐庵的《水浒传》，里边几个栩栩如生的人物：鲁智深、武松、李逵、刘唐……「杀到东京，夺了鸟位！」真个是大丈夫气概，字字像铁锤砸在心上，觉得有劲儿！後来爱上了文学，毛泽东在看了新编历史剧《逼上梁山》後，写给编剧杨绍萱、齐燕铭信中的一段话：「历史是人民创造的，但在旧戏舞台上（在一切离开人民的旧戏舞台上），人民却成了渣滓，由老爷太太少爷小姐们统治著舞台，这种历史的颠倒，现在由你们又颠倒过来，恢复了历史的面目。」成了我的阅读指南。天长日久，渐渐养成了一种习惯，对那些被许多人顶礼膜拜的帝王将相、才子佳人竟不屑一顾，什麼天皇老子，圣人、圣贤，进了澡堂子统统一个样。记得我还写了一首题为《接生婆》的诗表达此观点：「什麼天才、地才／连皇帝老子／从里边出来时／也都一个样」。

　　伴随这种思想观念，一路走来，不跟风、不逐流。社会上自古流行一种影响甚广的「血统论」：「世胄蹑高位，英俊沉下僚」、「上品无寒门，下品无世族」，以及「龙生龙、凤

生凤，老鼠生来会打洞」等等，我则不以为然，对陈胜说的那句「王侯将相甯有种乎？」，倒颇为赞赏。有句话叫「思想决定行为」，由此，对那些用奴颜卑躬歌德帝王将相、才子佳人的书籍、电影、电视，我采取的态度是「剃头的关门——不理」。

「改开」以来，「一切向钱看」的理论影响了意思形态领域，也败坏了社会风气。许多旅游景点纷纷打出了帝王将相、才子佳人牌，纷纷推出「皇陵」、「庙宇」、「圣人祠堂」、、「名人宅院」等项目，有的地方找不到与皇亲国戚的直接关系，便寻足迹、觅线索，甚至杜撰出什麼「某某妃子闺房」「某某姨太太故居」等，其奴态、媚骨让人嗯心。说实话，刚到京娘湖时，我曾这样想：这京娘肯定也是千千万万平民女子中的一个，由於长得貌美，经过各级政府层层选拔，最后脱颖而出，做了皇帝的妃子，「一朝选在君王侧」，从此，便终生「樽罍溢九酝，水陆罗八珍」了，尤其借龙种的灵光而流芳百世了。可以说，起初我对京娘湖是从心里上排斥的。

然而，当听了导游小姐介绍京娘湖来历时，我先前的观点竟一下子改变了，徒然生出一种敬佩。她说：「京娘是山西永济人，十七岁那年的一天，随父到河北曲阳烧香还愿，路上被一夥儿强盗劫持，巧遇洛阳青年赵匡胤访友经过，於是拔刀相助，赶走了强盗，青年赵匡胤为防止京娘父女路上再遭不测，便一路护送。青年的行为深深感动了京娘，为报答他的相救之恩，愿以身相许。谁知那青年却拒绝了京娘，说：『我救你，是路见不平拔刀相助，绝无丝毫私念。若想的是占有你，与那

强盗又有何不同。』说罢，扬鞭催马径直而去。京娘望著赵匡胤渐渐远去的背影，长叹一声：『恩兄高见，妾今生不能报你大恩大德，死容衔环结草。』说罢，便投湖自尽了。许多年後，赵匡胤做了皇帝，闻说此事，十分感动。便追封京娘为贞义夫人。」听罢京娘的故事，我在埋怨京娘不该太过於痴情，报恩的方法有许多种，为何一定要「以身相许」，尤其不该在遭对方拒绝时，竟荒唐到「死容衔环结草」。不过，对那个见义勇为的青年赵匡胤却充满赞赏和崇敬。觉得现在的当地政府和旅游部门，应再加大些力度，对青年赵匡胤「路见不平拔刀相助」见义勇为的事迹的宣传，使京娘湖景区成为一所对青少年进行社会主义德育教育基地。

由见义勇为，我又想起当下恶劣的社会风气，想起一些学术精英的奇谈怪论，说什麼「『毫不利己专门利人』是绝无仅有的，是骗人。」「雷锋是政治家编造出来的政治托儿，真实的雷锋是大脑炎后遗症病人。」甚至高调宣扬「人不为己天诛地灭」没落资产阶级人生观。主流媒体错误的舆论导向，致使大街上老人摔倒在地无人扶起；商城、公车里小偷肆意行窃无人制止；数百人瞅著垂死挣扎的溺水者无动於衷、袖手旁观。於是，我在想：如果我们的政府部门、社会团体多组织几次京娘湖旅游，听一听「赵匡胤千里送京娘的故事」，恶劣的社会风气一定会得到改观。

京娘湖动人故事，摘掉了我的有色眼镜，刹那间觉得京娘湖很美，不但有美丽的自然景致，更有美丽的动人故事。京娘湖离邯郸市六十公里，在太行山脉腹地，由东西两条支流汇

聚而成，湖面呈倒「人」字状，蜿蜒十五公里，水面面积两千七百亩，有小三峡之称。两岸峭壁悬崖、气魄雄伟、千姿百态、栩栩如生，游览时再带上那些美丽动人的故事，心旷神怡的心境一定会再增添许多趣味和神秘。

热情好客的景区总经理李增书，不但自始自终陪同我们游览，还亲自担任讲解员。每到一处，他都会用带著浓重地方口音的「普通话」给我们介绍景点的起源、今昔。由於下午我们还要去附近另一个景点七步沟，便只游览了京娘湖景区的陆上部分「贞义岛」，怀著兴致未尽返回京娘湖宾馆，路上，我们一边欣赏遮天蔽日的各种珍贵树木、高山流水、鸟语花香，一边听李增书总经理讲京娘湖发展规划。他说：「景区将以人文景观『情湖岛』、『赵匡胤千里送京娘』为文化主题，与『贞义岛』生态自然景观结合在一起，形成十一个游览区、及生态自然保护区和休闲区。希望你们回去後，多多宣传京娘湖，让世界知道京娘湖，让京娘湖走向世界。」

五月骄阳红胜火，然而当火红的太阳透过浓密的绿树林，洒在人民身上、脸上时，野性已无影无踪，变得温顺、温柔了。我们一行十六人中年龄最大的是来自美国亚利桑那州的周永新，和这次采风团团长世界华文作家交流会秘书长来自澳大利亚的黄心水，他们皆已年近耄耋，仍一个个兴致勃勃，劲头十足。行走在蜿蜒幽静的环岛路上，回望碧波浩淼的京娘湖，东侧老虎洞、一线天、神龟探海、双虹映月……西侧宋祖峡、京娘峡、滴翠潭、梳妆台……历历在目，让人流连忘返。李增书总经理说：「由於时间关系，你们今天看到的京娘湖只是其

冰山一角，要真正认识她、了解她，就要与她做朋友，与她朝夕相处住上一些日子。」他接著又说：「下一次吧，希望在今年的秋季，或明年随便哪个季节，还是咱们这些人京娘湖再相会！」尽管我知道，「还是咱们这些人京娘湖再相会！」是不可能的，但我仍然希望会有那麼一天，与京娘湖朝夕相处住上一些日子。

心仪甘露寺

　　在认识甘露寺之前，我是先认识张可的，她是邯郸作家张记书的女儿。记得一年前的2015年4月10日，我与张记书乘火车去厦门参加「世界华文作家」的一个交流活动，他对我谈了女儿张可的情况，说张可也喜欢写作，文笔很好，他的一些曾产生过较好影响的作品，都是经女儿润色的，不久前一篇八百字的小小说，经女儿润色成了四百字。他还说女儿张可近年来皈依了佛门，在一家寺院网站做编辑。

　　直接与张可交流、通信是今年春节之后的事，她作为这次「世界华文作家看邯郸」活动的主要牵线搭桥人，活动前的一些通知、资料是她通过电邮发给我的，后来我们还加了微信。尤其读了她微信里的一些文章，引起我强烈的共鸣和同感。有篇文章写了这样一段：「每次梦醒，在凌晨三点半到四点的时候，都会听到远处传来一阵阵非常痛苦的嚎叫声，那是

猪的嚎叫，一声又一声，这痛苦的嚎叫，让我感到非常的不安和难受。」接著又写道：「生命是平等的，我们不应该因为是人类就可以任意妄为，肆意屠杀别的生命以满足自己的口腹之欲……」她的微信里还有另外一些文章〈当人肉被动物从超市买回来〉、〈口腹之欲，为何要以生命买单〉、〈放生记〉等等。读她的文章，让我想起自己曾经写过的一些诗歌：「店小二闪闪的尖刀／宰杀了荷塘的乐曲／梅花鹿漂亮的绒毛上／沾著几滴野山羊的血腥挂在墙上／／大自然的血／在醉醺醺的划拳声里流／劈劈啪啪的算盘珠子里淌」（《野味餐馆》）「威武的啼鸣／已随漂亮的羽毛不见了／赤条条倒挂在铁钩上／脖颈上的血／滴答滴答流著……／／它倒下了／不知是真死还是诈死／从那双半睁半闭的眸子里／看得出它已明白了『弱肉强食』／和『幸福是建立在他人痛苦之上』的道理」（《菜市上的鸡》）。从她发在微信里的一些文章，我还了解了她所皈依的寺院甘露寺今昔。

2016年5月12日，「世界华文作家看邯郸」采风活动如期而至，我到达邯郸的第一天就见到了张可，她第一眼便认出了我（微信里有照片），初次相见的印象是：热情、谦虚，文静、朴实，知识丰富却藏而不露。由於网上已多次交流，不再陌生，便直截了当向她说出我对佛教因果关系的不解和疑问。我说，佛教不是讲因果报应吗？为什麼现实中一些奸诈卑鄙的人，却没有遭到报应，而有些老实本分的人常常厄运连连？她说「《百业经》中写了这样一段：『一切善恶业是不会成熟於地、水、火、风之上，只会成熟在自己的五蕴、十二处、十八

界，每个人如今在身心环境上所感受的一切果报，都源於自己往昔的善恶上，并非神灵、强权或自然力等他法加诸於自己身上的，今日做的一切，也必将於今生、来世或者遥远的来世，在自己的生理、心理，所处的环境上成熟它的果报。』用直白的话说，就是积德行善与作恶造孽，果报不一定发生在现在、今生，也许是来世、下一个来世。不是不报是时候未到。」张可的一段《百业经》，解开了我纠结於心上好久的疑虑。

与张可初次相见，我们谈得很投机、无拘束。我钦佩她的抉择，皈依佛门，将心灵安顿於那清净的圣地。她说，这次「世界华文作家看邯郸」采风活动的最后一站就是甘露寺，她的师傅究成法师将会在那里迎接我们，给我们诵经说法。说实话，当下社会「熙熙攘攘，皆为利来利往」，有缘在远离尘世喧嚣、清净的圣地听法师诵经说法，是我一直以来的向往。张可还向我介绍了她是怎样跟随究成法师诵经、浴佛、拜忏、放生，而後皈依佛门，养慈悲之心的。

5月18日上午，我们一行十八人在参观了广府古城后，便驱车直奔甘露寺。甘露寺始建於北魏时期，有一千四百多年的历史，几经毁损、兴衰，如今的甘露寺占地面积四万五千平方米，天王殿、大雄宝殿、藏经楼等气势恢宏、金碧辉煌。一条宽阔、清澈的放生河从讲经堂、禅堂、斋堂等门前流过，环绕於寺院中，给人一种清幽、清净、远离尘世之感。汽车在甘露寺山门外停下，究成法师率众僧、居士列队迎接我们，并向我们一行十八位世界华文作家一一敬献哈达。当究成法师把一条黄色的哈达披戴在我的脖子上时，我近距离端详了这位甘露

寺的住持：鼻准圆、两颧丰、顶骨满、两眼炯炯闪烁著慈爱的光芒。於是，我想起一位研究周易、精通相术的朋友对我说过的一段话：「人的长相三十岁之前靠父母，三十岁之後靠自己。凡存好心、行好事、助人为乐、积德好施的人，皆慈眉善目；反之，一些人的阴险、奸诈，嫉妒、憎恶也会反映在面相上。」

欢迎仪式结束後，究成法师陪同我们参观了天王殿和大雄宝殿，并向殿内的诸佛像请安、礼拜，由於藏经楼正在维修，究成法师带我们径直去了讲经堂。讲经堂门前，是那条宽阔、清澈环绕寺院的放生河，阳光下，河水荡漾、波光粼粼，鱼儿在水中追逐；岸上，几只小猫在花丛中嬉戏，尽享天伦之乐。采风团团长黄心水的夫人婉冰女士，不仅是作家还是一位诗人，只见她抑制不住诗人的激动，对究成法师说：「这地方太好了，我想留下来，在这清幽、清净的圣地做义工，与佛为伴、与诗为伴。」究成法师说：「热烈欢迎您入住甘露寺，也真切地希望您们中的任何一位作家有机会再来。」他用手指了指右边的一排房子说：「这些都是客房，希望您们都能再来，用手中的笔，拂去众生心地上的垢尘，为世界祈祷安宁、和平和爱。」

走进讲经堂，当究成法师向我们介绍甘露寺的历史和现状时，我的思想却开了小差儿，打起自己的小算盘，幻想著真的有那麽一天，摆脱尘世的纷扰，让心灵安顿在甘露寺这块清净的圣地，伴暮鼓晨钟，与佛为伴、与诗为伴，以诗歌的形式写浴佛、写超度、写放生、写善待生命、写爱……「度一切苦

厄」。在心里默默地吟诵一首《爱》的诗：「爱是和风／爱是真诚／每一缕绚丽的阳光／都燃烧著爱的永恒／爱月月圆、爱山山青／爱人人和、爱鸟鸟鸣／爱能融化仇恨／爱能摧毁冰峰／／……砸碎禁锢爱的枷锁／拥抱男人、女人、老者、幼童／拥抱山、拥抱海／拥抱飞鸟、拥抱昆虫／拥抱天下众生」。当我们「世界华文作家看邯郸」一行十八人，离开讲经堂，告别热情、博学的究成法师，告别甘露寺，就要乘车踏上归途时，我才从幻梦中醒来。

张可

　　张可（女），1979年生。心理谘询师，微篇作家，自由撰稿人，河北省作家协会会员，世界华文作家交流协会会员。

　　自高一起，在大陆及香港、台湾乃至美国、加拿大、新加坡、泰国、马来西亚、菲律宾、印尼等世界几十家报刊发表作品计馀四十馀万字。小说《进城》入选加拿大多伦多大学教材。多篇文章获全国及国际奖。

　　出版著作《年轻的饺子》、《追梦》、《慧眼禅心》等三部。

　　四次参加国际性笔会，各发表论文。

　　2008年，有幸拜师心理健康及家庭教育专家游涵先生，跟随学习心理学和佛学。自2014年起，亲近河北永年县广府古城甘露寺住持究成法师。曾为邯郸《大乘法音》杂志副主编。

我与甘露寺的缘分

2013年岁末，因缘使然，让我有幸皈依广府古城甘露寺住持究成法师门下。

初见法师时，他正笑眯眯盘腿坐在凳椅上，面前的烧水壶开了，咕嘟咕嘟冒著水汽，法师娴熟地冲茶、泡茶，还亲自为围坐在茶桌旁的居士们的茶碗里添茶。居士们围著法师，叽叽喳喳提出问题，法师一边添茶一边不急不缓地回答。看见我，让添把凳子，然后和我拉起了家常。临别时，法师说：「明年（2014年）4月25日，咱们甘露寺要举行开光大典，你可要来做义工哦！」法师的邀请，让我感到很亲切，当即表示：「一定一定！」

甘露寺始建於北魏时期，初名为「百草寺」。据史书记载，隋炀帝之女南阳公主在此出家，法号「妙善」。隋炀帝知道後大怒，火烧百草寺，妙善比丘尼被当时建都於广府城的起义军首领窦建德护救，躲到河北西部的苍岩山里隐修，终成正果——化身观世音菩萨。後多次回到这里救助众生，遍洒甘露。故後人重建时，改名「甘露寺」，以示观世音菩萨在此救度一方。到明代时更名「莲花庵」，後又改回「甘露寺」。民

国时该寺毁於战乱。

2014年初，恢复重建的甘露寺，法相庄严：天王殿、大雄宝殿、藏经楼飞檐画壁，自山门由南至北，巍然坐落在中轴线上；素食馆、清心阁温泉中心、钟鼓楼、客堂、讲堂、僧舍、斋堂、禅堂、方丈院、安养院等分立东西，遥相呼应；古典园林式游廊环抱微波轻泛的「静心湖」；随处的垂柳、月季、各种果树，让威严的寺庙平添了许多生趣与意境。

开光大典盛况空前，诚邀国内外大德高僧二十馀位，周边道场护念法师百馀位，参会群众两万馀人。

彼日早晨五时，天气预报的中雨变为晴空，霞光万丈布满东方。吉时已到，随著庄严的「戒定真香」香赞腔起，大雄宝殿内梵音嘹亮、海会祥和；与此同时，感应法界十方，甘露寺上空惊现三个日出，祥龙、莲花宝座、释迦牟尼佛真身显现，数万人目睹天日奇观。

午饭毕，诸山长老、领导代表、善男信女们带著各自的祈愿陆续离开。下午三时，雨从天而至。急风，携卷著劲雨，将天与地，冲刷个明朗清晰。刚才还喧闹与浮躁的广场，片刻便安静下来。

这是我第一次参加法会，也沐浴了「甘露法雨」，真真切切感受到佛法力量加持的不可思议——心的清净与自在，让我接下来很长一段时间里，做事如虎添翼、事半功倍。

就这样，我开始常去甘露寺，开始亲近究成法师与寺庙常住。

　　究成法师，毕业於内蒙古师范大学，曾为老师。2003年，随山东青岛湛山寺方丈明哲长老修习天台止观法门，成为天台宗第四十六代传人。2008年，自法师住持甘露寺，主持恢复了寺庙宗风，消失半个多世纪的暮鼓晨钟之梵音，又飘荡在广府古城上空。每日二时课诵、出坡劳作、安居学戒、消灾超度、扶贫及放生等佛教活动，有序地进行著。

　　2014年5月的一天，开光後我第一次去甘露寺。忽听「梆—梆—梆」召集大家上晚课的打板声。究成法师和众居士纷纷套上「海青」。我问法师，「我还要去吗？我不会诵经，也不懂规矩。」法师说：「谁也不是先天就会的。今天就是你学习的开始啊！」早晚课，又叫「二时课诵」。甘露寺的早课在凌晨

四点半开始，其用意是：一日之际在於晨，最清醒的时候读诵经典，告诫自己，这一日要依照著经典中的教导去利益大众；晚课在下午四点，用意是：一天就要结束了，对照经典，反思今日的所作所为。於是，我站在队伍里，观察师父们与其他居士怎麼做，跟著大家照著「课本」唱诵。时间一长，潜移默化中，「功课」会唱了，我在待人接物方面有了很大提升。

甘露寺的法会很多，每逢佛菩萨圣诞日、出家日、成道日、佛教传统节日，都有各种拜忏或诵经活动，也会传授「三皈依」、「五戒」、「菩萨戒」。

每逢此时，法师先要给大家开示：

> 修行，就是修正自己身上的毛病和习气。
>
> 佛教的全部精神就是：诸恶莫作、众善奉行、自净其意。
>
> 念佛，可不是嘴上念念，而是心要与佛法相应。
>
> 「忏悔」——「忏」是有过改之；「悔」是发心不犯。
>
> 「三皈依，即：皈依佛、法、僧「三宝」。「皈」是回头，「依」是依靠。佛是「觉悟者」，代表「觉」；法是「正知正见」，代表「正」；僧是「清净福田僧」，代表「净」。所以，皈依三宝，不是让我们皈依某位师父，而是让我们发心依自性去修行，过正念的清净生活。
>
> 为什麼要持菩萨戒？戒律是修行的基础和规范，只有受持菩萨戒，才能按照戒律，真正意义上行菩萨道。

法师弘法不拘一格，除了传统法会，还营造了优雅的学术氛围，如：禅茶会、诗歌朗诵大会、书画展、孝道文化传播、摄影大赛、武术联谊会、夏令营、有奖答题等。

记得2014年的大陆国庆，法师看著来来往往的游客，喃喃自语，怎麼能让大家跟佛更深地结缘呢？第二天，法师改造了一个抽奖箱，把连夜写好的「佛教小常识问答题」放入箱内，并搬出一袋子佛珠手串，供答对题的游客结缘用。此法得到了游客一致的好评，答题者踊跃，特别是结缘了佛珠者，更是喜上眉梢。

寺庙的生活，看似简单，无处不在修行。

譬如吃饭：中午十一时半，专门的僧值人员会敲响梆子。大家听到打板声，就到「五观堂」去。「五观堂」就是斋堂。为什麼起这麼个名字？佛教中，有个词语叫「食时五观」，即学道者吃饭时，要观想五方面的事情：

一、计功多少，量彼来处：面对供养，要算算自己做了多少功德，并思量粒米维艰，来处不易。

二、忖己德行，全缺应供：藉著受食来反省自己，想想自己的德行受得起如此供养吗？

三、防心离过，贪等为宗：谨防心念，远离过失，对所受的食物，美味的不起贪念，中味的不起痴心，下等

的不起瞋心。

四、正事良药，为疗形枯：将所受的食物，当作疗养身
心饥渴的良药。

五、为成道业，故受此食：要藉假修真，不食容易饥
饿，体衰多病，难成道业；
但是如果贪多，也容易产生
各种疾病。所以必须饮食适
量才能资身修道。

吃一顿饭，要把它与佛法结合在一起，能如此，即使硬如
钢铁的食物也能消化；反之，就是滴水也难以吸收。因此，佛
门中过堂有一语：「五观若明金易化，三心未了水难消。」

在甘露寺，有很多跟随究成法师多年的老居士。她们能担当
起甘露寺各个岗位的职责。写牌位时，她们拿得起笔；吃饭时，
她们系上围裙为大众打饭。大家一定想不到，她们退休前的工作
岗位是多麽风光。而在甘露寺的修行，让他们放下「身段」，低
调而谦和，就像成熟的谷穗，内敛中散发著圆融的芬芳。

当然，寺庙里也有是非。面对是非，究成法师为大家开
示：「外界的是非，无非是心灵的计较。我们要守住自己的
心，莫求他人曾精进，但求向内解垢衣。」

在甘露寺做护法居士的两年间，无时不被这里清净的共
修环境滋养著，无时不被究成法师「润物无声」的教化所感动
著。从对佛门戒律一无所知的门外汉，到持五戒、再到持菩萨
戒，用菩萨的慈悲心去发愿、做事，每一步的精进与成长都离

不开法师的开示和提点，也离不开同修师兄们的鼓励和共进。

　　是谁说过：「在上师身边的日子是最快乐的。」一生能得遇善缘，得遇善知识，是最大的福报。而我的福报，与甘露寺有关。

　　　　　　　　　　　　　　　2016年6月30日，写於邯郸。

宝宝王若禅和爸爸一起受三皈依，法号竟悟。

晨露

　　原名陈美仙，女。1954出生於马来西亚砂罗越州诗巫拉让江畔芦岩坡。祖籍福州闽清十一都。现居砂罗越州美里市，退休教员，自由写作者。为世界华文作家交流协会会员，东南亚华文诗人笔会理事，马来西亚华人作家协会会员，美里笔会副秘书。曾获砂罗越州民族文学奖，历年为美里师范学院木麻黄文学奖评审，受邀出席亚细安文学营，亚华作家代表大会，世界华文微型小说研讨会，东南亚华文诗人笔会大会等。著有散文集：《荒野里的璀璨》（1999年）、《花树如此多情》（2011）。新诗：《拉让江，梦一般轻盈》（1993年）、《鱼说》（2000年）《小诗磨坊》（马华卷1，2009年）。杂文：《钻油台》（2001年）《笔会文集》（2011年）。

邯郸采风初录

　　有幸受邀参加世界华文作家交流协会邯郸采风团之五月之旅。殷切期待。

　　五月十二日从马来西亚首都吉隆玻飞中国郑州，坐中国厦门航空，途经厦门逗留过境。早上八点的航班，预计下午四点到达。虽然单飞，但也觉得坦然轻松。

　　其实我的飞行是从五月十一日晚开始。从居住处砂罗越州美里市晚八点起飞，十点多到达亚航机场。之後坐电动车转去马航机场，在机场里草草过了一夜，次日早晨厦航是在这里起飞。

　　第一次坐厦航，看到亲切温柔的空姐，不禁触动民族情结，格外贴心。入耳清朗铿锵的母语，手捧阅读夏航刊物，舒适暖和，有一种回到家的错觉。

　　到达郑州时是傍晚六点。

　　班机从厦门延迟起飞是其一，其二是下机时领行李分国内国外两处。有地勤服务员领队走著，就她走得快，我走得慢，人又多，走著没多远就混乱一堆，我看不到她了，只能顺著人群走，走错了，我和另外一个年轻男生。惊动了另外一个地勤服务员，叫我们原地不动等著她联络人来领我们。这一等好久。

我走出机场时天色微暗，心慌慌，没找到接机的人。距离班机到达时间都相差了一个小时多，这可肯定让接机者焦虑不安了，也可能以为我大概没来呢。我知道欢迎宴七点开始，当下好歹得自己想办法到酒店去。其实酒店就在机场附近，我让服务员看了名字和地址，他指划看说就在对面街上，哪，走几步，转个弯，再走前去……反正我是个方向感白痴，他再怎样详细说，我也记不牢；就记住了，也一定左右前後混淆。谢谢了他之後我拖著行李走出机场，迎面微凉空气，饱饱足足地吸了一口，精神一振，胆粗粗真打算走走看。

走几步遇到一位妇人家，她一声大姐叫住了我，问我要不要坐车？我不得不承认我对陌生人大有戒心，所以只笑笑摇头。她笑著也还跟著我。忽然得了个主意。我让她看我手里拿著的小纸片，她大声念出来：「凯芙酒店。」

「是。我要去这里。」

「走路去在前面，就在前面。」

「你可以带我走过去吗？我不坐车。但我一样付你钱。」不知道我为什麽会说出这样矛盾的话。好像怕一上车就会被载去荒山野岭。

她倒也不介意，说：「好，好，好。」

於是一起走。才走了这几步，她说：「我拿车。」在我惊愕中，她靠近她的车子，一辆维史巴！

是的，我坐在後座，抓紧她，行李放她脚前踏板上，我们在马路上车队间奔驰，转一转，绕一绕，美丽的凯芙在眼前。我一眼看到甬道旁嫩黄的、粉红的玫瑰，特大朵，又这麽多，

超奢侈，我嚷：「看、玫瑰，太美了。」她回答：「大姐你喜欢？这里到处都是 ！你天天都看得到。」

我们推门而入。世界华文作家看邯郸接待组正在大厅里，或站或坐，有男有女。我尝试对著一个娇滴滴的美人开口：「请问世界华文作家……」没说完，美人音甜声润，问：「晨露？你是一晨露？」「是、我是晨露。」齐声欢呼，热烈拥抱，彼此说著等人接人接不到，焦虑、担心、迟飞、走错地方领行李，要走路过来，……才想起载我来的妇人，她也一直开心笑著一旁站著。赶忙谢谢她并付了她的酬费，送她出大门说了再见。

史少华处长、张可、倪洋、张昕，是第一天到达就见面了，在以后数天的相处，加深了彼此的认识。当下史处长让我回客房，稍息后出席晚宴。送我上楼的是洁朴爽朗一如世侄女的张可，我但觉有一份说不出口的亲切，结果交谈中这才知道十年前我们见过面，她与父亲张继书来汶莱参加世界微型小说研讨会。对照当年记忆中的小女孩与跟前落落大方的模样，我不得不说：「张可，你长大了！」张可大笑，说：「我结婚了，有个儿子，当妈妈了。」鼓涨的幸福跟著她的声音飞扬起来。

晚宴刚好圆一桌。

各国作家纷纷还在旅途中。我有幸与来自德国汉堡集作家画家一身的谭绿屏老师住同一间房，我们二人一起下楼，到了吃饭的贵宾房一起坐下。我左边依序是美国的周永新副秘书长，主方邯郸张可，墨尔本沈志敏财务秘书，荷兰池莲子副秘书长，墨尔本倪立秋博士，墨尔本庄雨，马来西亚朵拉副秘

书长和德国汉堡谭绿屏老师。席间除了池莲子与朵拉，其他各位都是初交，但毕竟笔耕一族无国籍，大家心灵相通，吃著说著，十分融洽，气氛热闹有趣。说起养宠物种种，庄雨说养一只鸡宝贝得不得了，骄纵得到处走动，於是她不得不加以呼喝禁步，倒也奇，也听得懂，叫停就停，不敢越雷池半步，她说来生动，众人添油加醋，惹得轰笑迭起。

一夜好眠。十三日晨起七点早餐，众人都到了，就王学忠张继书和韩立军，一会儿去邯郸的路上会陆继会合。秘书长心水和夫人兼中文秘书婉冰，一对神仙眷侣，新加坡的艾禺中文秘书，久闻其名初见真人，温尔秀丽，新加坡诗人寒川和林锦博士，印尼袁霓副秘书长伉俪，都属老友喜相逢。彼此问好叙话，喜洋洋乐陶陶。

八点我们众人上了长巴，启程赴安阳。在安阳由心水秘书长的堂弟，厦门市银城佳园房地产开发有限公司黄添福先生接待，带领参观了多幢新建的商业楼宇，简约讲解产业投资的趋向与潜能，之後盛情款待午餐。一众鱼贯而入，在贵宾厅里围桌坐下。一张特大的圆桌，桌中央摆设了迷你自然景色，那小小喷水池让我眼前一亮。而丰盛菜肴一道道外围环绕，山珍海味，取之不尽。这一顿豪宴是我平生空前第一回。

午後一点三十分我们赴临漳。一小时後我们参观了临漳邺城遗址。六朝古都邺城为东汉末年，曹操统一北方，雄踞中原时所营建。面积约二十平方公里，至今已经有两千七百年的历史。从春秋时期齐桓公始筑邺城到北周共历时一千两百馀年。期间先後为曹魏、後赵，冉魏，前燕，东魏，北齐六朝都城作

为黄河流域政治、经济，军事、文化中心长达四个世纪之久，素有「三国故地，六朝古都」之美誉。穿越历史长廊，隐隐、有鼓声咚咚，有战马嘶鸣、我和几位同伴走在秘密通道里，虚拟仓皇逃难的心情。这是转军洞，基於战争需要而修建，向西一直通到讲武城，长约六公里，一旦发生战争，可以把军队从城外调进城内，加强防御力量；也可以将城内的军队潜出城外，出其不意的出现在敌人的後方，形成内外夹击。目前，转军洞仅存八十三米。邺城遗址其中景点还有文昌阁金凤台，铜雀三台遗址公园。在明代中期之後，漳河泛滥，冰井台全部、铜雀台大部被漳水冲没，唯金凤台巍然独存。

第二处邺城博物馆占地六十五亩。主体建筑面积五千两百二十八平方米，附属建筑面积四千零五十平方米。馆体仿邺南城朱明门而建，凸显汉魏建筑风格，古朴庄重，宏伟大气。而後参观临漳佛像造像馆，博物馆共有六个展厅。

近傍晚到了邯郸宾馆。旋之与市文联召开座谈会。出席者众多，双方彼此介绍，互相赠书，场面热烈亲切，肯定而且赞扬了我们海外作家以母语书写的努力和付出，会後一起享用了丰盛的晚宴。

五月十四日早餐後考察黄粱梦。黄粱梦是邯郸国家级旅游点。由吕宾洞以扫帚题字，巧遇失意芦生，借枕一眠而梦一生的事迹，到乾隆题字等等。冒雨聆听妙语如珠的导游讲解。单一个梦字和一个葫芦她也能讲得充满人生哲思，之後还买了她一本书。分析梦字的结构，上下由四个部分组成，宛若我们一生的四个阶段，弱冠，不惑、知天命，和暮年。

之後我們赴涉縣，在一二九師大夥房午餐。這一日從晨早下雨未停，十分寒冷。我穿著張可的冬袍，十分暖和，就擔心雨水濺打在衣袍上會有損壞。午餐時大夥不免對天氣驟然變冷一事多有憂思，皆因來時以為天氣炎熱，多未攜帶寒衣。而十五日我們要到深山七步溝，很可能要面對更低的溫度。說者無意，聽者有心，當日接待且陪同我們一起的領導細心體貼，拿起手機馬上召來寒衣販賣者，約好午飯後來這裡讓我們選購。一瞬間烏雲散盡，大家精神一振，品賞桌上佳餚美味，觀賞台上精采表演，感恩感動。考察一二九師司令部舊址時，看到簡陋小房室，正是當初革命先烈日常居所，撫摸那一桌一椅，但覺今日的我們身處太平社會，盡享豐厚物質。感念當初的披荊斬棘，浴血奮戰的革命抗日精神，為國為民的無私心志，對比今日的人心污穢，貪贓枉法，自私自利抬頭，實慚愧莫名，無顏面對先賢先烈。我久久徘徊在各個小房之間，抬頭仰望門前懸掛的名字，心中默念，緬懷追思不已。下午四點考察媧皇宮。可惜雨越下越猛，披上特為我們準備的雨衣，小範圍走了半圈，也就相互召喚著在水邊拍了大合照，回到遊覽車上一路徐徐前進。忙碌是一雙眼睛，左右觀望瀏覽，湮波渺茫，對岸朦朧間小樓房閣美不勝收，但想著這依江住下，可不賺得美美日子一盤，想歸想，旅人的腳步卻停不住。

五月十五日赴武安，考察京娘湖。這是我個人非常期待的一個地方。正巧來之前我剛觀賞了導演高希希作品大型古裝歷史連續劇大宋傳奇之趙匡胤，我對宋朝這一段帝位由父傳子而演變為兄傳弟的事蹟十分好奇，對「燭影斧聲」也頗有猜疑。

同時又加上後主李煜降宋的悲劇，因而凡有關宋開國史總會格外留意。大宋傳奇之趙匡胤一劇中剛巧有京娘這一段故事，是我之前不知道的。因此在行程上看到了京娘湖這三個字，怦然心動，自問：真有京娘？親身來到了這裡，果然見證了這痴女子。為愛而縱身一跳，唯有水的純淨才配得上京娘！

京娘原為甜美少女，為匪人所擄，幸遇年少年匡胤，勇救佳人，且自告奮勇一路護送京娘回家。豈知到家後京娘家人認為二人一路孤男寡女相伴，有違名聲，執意要兩人成親。二人固然彼此都有情意，但匡胤自問動機純良，不占這便宜，且身處亂世，心志未遂，故執意拒婚。家人一再相逼，匡胤拂袖而去，京娘心碎，再次離家尋找匡胤不得，不願辜負匡胤，為守護自己這一份愛情，逐投湖自盡。

以這一段淒美的愛情故事為本，大智大勇有這李增書（河北京娘湖景區董事長），以獨到的眼光，驚人的魄力，打造了這頂級旅遊區。京娘湖共開闢了三大區鹹，為水上遊覽區、貞義島自然保護區和休閒度假區。我們這次有幸遊覽了自然保護區。

我們一行人到達之時，李增書董事長親自率員熱烈歡迎，先在會議室觀賞京娘湖景點錄影介紹，再由李增書先生親自陪同四處遊走。我們分坐兩輛旅遊車上山，途中轉換纜車。我對纜車一向抗拒，害怕那一份高空懸掛，一顆心也蕩飛身外。多謝袁霓借膽作伴，笑語談說間不覺已到。跨出纜車踩踏在土地上，身心會合，重新有了踏實的感覺。沿著山路蜿蜒而上，走來不免氣喘腳軟。仰望雲中寺屹立眼前，遙遙相喚。待到寺前回廊一站，冷風拂面，遠眺群山連綿不絕，俯看大地，但覺

人间千年山中一日，就这半时一刻，我几乎已脱胎换骨。这凡世愁烦困苦，何值一提？我但愿久久，久久这样站著，忘了世间，忘了自己。

下山时遇到新加坡诗人林锦，他也大受震撼，二人低声寻问：「那处可寻得草芦一间，就此住下，但管读书写字，岂不大妙？」我们总归是说得痛快，奈何明知身上锁链千捆万绑，不易挣断。

午餐设在京娘湖地质宾馆。席开两桌，大家尽欢而别。下午奔七步沟，参观了八路军战地医院，英雄纪念碑及天镜湖。时间太过匆促，只能走马看花。我们几个绕著天镜湖边的回廊阁楼走一圈，这一湖如镜清凉回映双眸，留驻心田。至今，我闭目寻思，漾漾眼前，就如依旧人在天镜湖畔。当晚入住七步沟天门湖酒店。

五月十六日赴峰峰，考察北响堂寺石窟，磁州窑富田遗址，大家陶艺博物馆。就在峰峰磁州窑会馆午餐。之後下午考察武灵丛台。入住邯郸赏馆。

五月十七日赴大名，考察明城墙，大名县石刻博物馆和天主大教堂又名兴化寺。午餐设在大名象馆。後考察馆陶粮画小镇，回邯郸宾馆晚餐和住宿。

五月十八日挥别邯郸，知道是回程路的开端，知道这一走不知何年何月，说不出的依恋，说不出的不舍，我只能特意起个早，到宾馆前的街道上漫步。也没走远，就在那排树下的人行道上，来回走，不停地走，特慢特轻的脚步。这几年来，我已经养成这样的一种习贯，走步彷佛是一种自疗，是一种

完成。早餐後考察广府古城八，在广府会馆午餐。後出发至郑州。入住凯芙酒店，夜里是饯别宴。

　　五月十九日各自飞。绿屏和我还是一起住同一间房，早餐时她说我们慢慢吃，今天不赶。我但觉心里一紧，咽不下口。两人紧挨著拍了一张合照。回房後有一句没一句的说著话，她忙著变戏法把众多东西部收纳入行李。房里有半面落地窗，我一个早上就俳徊窗前，看著青草地，好像看著时间就会停止走动。可到底时间分秒不差，绝不偷懒。绿屏和志敏到火车站去，我一个人到机场，都是十一点半离开的。

　　这一趟邯郸采风，丰盛多姿，殊是最独特的体验。无关之前或之後，就这当下八天，绽放如春，在我生命中永不凋谢。

云中寺

附錄

文化的饕餮大餐　文学的海天盛宴
——「世界华文作家看邯郸」采风活动纪实

韩立军

五月的中国，流金溢彩，灿若霓裳。

五月的邯郸，草长莺飞，姹紫嫣红。

五月的郑州新郑国际机场，一架架客机钻出云层，呼啸而来，用它阔大的身躯亲吻著华夏大地。

澳洲、欧洲、北美洲、东南亚……

美国、德国、荷兰、新加坡、澳大利亚……

从12日开始，一位位不同装饰、不同国籍、不同语言风格的国际友人，不，应该说是远方的游子、离开家多年的亲人、华侨，从世界的四面八方迤逦而至，慢慢地集聚了起来。

桃李不言、下自成蹊。一场注定不平凡的旅程就要启航了；一场国际级的采风笔会的大戏就要粉墨登场了！

一、魁星集聚，灿若星汉

　　这是一场由《邯郸文化》总编辑温王林策划，国家一级作家张记书先生牵线搭桥，由市旅游局承办，并经过长达一年的酝酿和发酵，最终与总部设在澳大利亚墨尔本的「世界华文作家交流协会」达成共识，邀请世界各地十八位华文作家来冀南明珠邯郸进行为期一周的采风活动，其中包括邯郸籍作家张记书和韩立军。

　　看！坐在前面的这位精神矍铄的老人，就是世界著名作家、世界华文作家交流协会秘书长黄玉液（心水）先生。後面的那位先生则是来自美国亚利桑拿州的周永新副秘书长。再往後，则是一位重量级人物，她就是印尼的国家作协主席袁霓会长。她後面的那位女士则是旅居德国，现任德中文化交流协会会长，也是我国著名画家徐悲鸿的得意弟子谭勇教授的女儿谭绿屏……

　　飞驰的大巴，穿过豫冀省界收费站，邯郸的南大门赫然打开。

　　文化和文学的盛宴就要开席了，第一道菜是参观邺城遗址博物馆，领略建安文化的深刻内涵和风采。邺城是北齐的都城，在中国的发展史上有著举足轻重的地位，而建安文化作为邯郸的十大文化之一，不仅是中国的第一个文学组织，而且其文化内涵意义深远，影响颇大。所以，这道菜既是必备的，又是匠心独具、意味深长的精心安排，更是海外作家们踏上邯郸这片热土的第一步、第一印象、第一感觉。

此时，邯郸宾馆的偌大会议室，已经灯火辉煌，灿若白昼。各大媒体、各路记者早已静候在这里，准备用自己的笔触和镜头记录下激动人心的历史一幕。

市旅游局局长苑清民来了，并带来了市委市政府的问候和祝福；文联副主席、邯郸文学的掌门人赵云江来了；市作协副主席李琦、牛兰学、王承俊来了；著名的国家一级编剧温王林来了……

名家、名师、大腕、大鳄；中西合璧、欢聚一堂、群星荟萃、格外璀璨。欢迎辞、祝福语、问候语，一句接一句；握手、拥抱、赠书、签名，欢快的议程，一项连一项。

今夜，注定是一个不夜天；今夜，注定要载入邯郸文明的发展史。因为，邯郸要走向复兴和繁荣，邯郸要走向世界，还要让世界了解邯郸。所以，走出去和请进来，就是一个重要的方式，就是发展的战略，就是谋事干事的体现，就是宣扬邯郸的视窗和途径。

二、涉县的爱情岛，中国的亚当和夏娃

华侨们行走於世界的江湖，徜徉於世界民族之林，眼界自然更开阔，看事情自然更客观、全面，看问题自然更独特、犀利，更喜欢进行横向和纵向的比较。

14日下午，细雨蒙蒙中，作家们来到了被誉为「华夏祖庙」的涉县娲皇宫。这是一个有深厚文化底蕴的地方，是中国最大的女娲祭祀地。虽然天空中雨丝飘零，山风料峭，却依然

难掩客人的热情和兴致。於是，传说中的那个千古神话在风雨中再次被重申和颂扬。

女娲的功绩一是炼石补天；二是抟土造人，开创了人类的婚姻制度。虽然炼石补天的丰功伟绩可敬可佩，然而在崇尚人性和人权以及自然科学的海外作家眼中，他们一致认为女娲抟土造人、创造世界的业绩更是居功至伟。所以，他们更认同这座山是爱情山，傍湖依水则为爱情岛。

突然，来自澳洲的倪立秋博士发现了淹映在绿林从中的伏羲雕像，兴奋地喊道：「那不是中国的亚当吗？」

多麼美妙的遐想，多麼浪漫的比喻，多麼贴切的引申。在作家的眼中，世界是大同的。有中国的，就有世界的；有世界的，就有中国的。民族文化就是屹立於世界之林的根本，就是世界交流的语言和名片。

异曲同工，殊途同归！这一刻，东方智慧和西方文化彻底交融了、贯通了。一样的创造人类，一样的创造世界，让地球瞬间变小，小得似乎地球村的人都在一个桌子上面对面地吃饭。你的，我的，多元的，杂合的，等等一切文化，在邯郸涉县的中皇山上历史性地不期而遇了，在世界华文作家的眼中和见证下必然地扭结在了一起。

三、邯郸是中国文化的根中之根、重中之重

邯郸有十大文化脉系，如果排一下名次的话，除了赵文化，就数北齐文化了。从临漳邺城到峰峰响堂山石窟，再到涉

县娲皇宫，再到陪都山西太原，这是一个北齐文化带，这个文化带的中心就在响堂山石窟寺。

16日，世界华文作家采风团来到了闻名遐迩的北响堂石窟群。该石窟群从规模上不及敦煌莫高窟石窟、大同云冈石窟、洛阳龙门石窟和天水麦积山石窟，在国内仅排名第五。然而，从文化内涵和深度来说，毫不逊色于其他石窟群。尤其是和佛教的渊源，以及对佛教的推广和普及，对社会的教化和影响，都有著不可忽视的历史价值。

来自荷兰的池莲子女士，站在石窟里感慨地说：「中国是我们海外华人的根，而邯郸是我们的根中之根啊！」说这话时，她脸上满是自豪和兴奋，一种找到了家、找到了根的喜悦，兀然而见。

来自新加坡的林锦博士也坦言，这次到邯郸来，除了采风，还是寻根的。因为他们居住在海外，每时每刻想到的都是故土故乡，并且用几代人的生活经历感悟到，哪里最好？根最好！根重于一切！根就是国，根就是家，根就是所有炎黄子孙生生不息的窝，无论你走到哪里，魂牵梦萦的都是这个家。

这就是伟大的民族精神和意志，就是华侨的家国情怀和赤子之心。在邯郸这片热土，在峰峰北响堂石窟，我祈愿每一位华侨都多看看、多摸摸，多浸染一些中国文化的厚重和古朴，在未来的日子里，无论纵横江湖，还是叱咤世界，这都将是您不竭的原动力。

四、结尾不是结局，结果不是结束

18日，采风的目的地是驰名中外的太极圣地——永年广府。

此时，笔者感到了一丝沉闷和压抑。因为今天是采风的最后一站，中午过后，为期一周的采风活动就结束了，就又五湖四海天各一方了。

广府不愧为太极之乡，远远地就被我们嗅到了太极的气息。待到进入杨露禅的故居，这种身临其境的感觉更是浓郁了。院子里面有几位拳师正在演练太极拳，来自澳洲的婉冰、来自荷兰的池莲子、来自德国的谭绿屏等作家见状，纷纷上前，跟着拳师练了起来，那一招一式，蛮是地道，看得出来，她们在异国他乡也是练太极的。

都说太极文化已经走向了世界，今天总算是被佐证了。

广府的文化是浓厚的，除了太极，还是巍峨的古城墙，还有古老沧桑的赵州桥的姊妹桥弘济桥。

广府的主人是热情的，在雄浑的甘露寺，法师用金黄的哈达来迎接这些贵宾；杨氏太极拳第六代传人杨建超亲自为客人演练太极推手……

不，应该说所有的邯郸人都是热情的、豪爽的，这既是一种本质，更是一种态度。从采风活动酝酿之中开始，这种做派就已经显现出来了。首先是市领导的重视，并做了指示和批准。然后是旅游局长苑清民重视，并亲自安排，使采风活动畅通无阻，顺利圆满。再次是各区县的有关领导，以及各景点的

负责人亲自作陪，并且在各景区的大门打出欢迎字幕，使气氛变得隆重热烈。特别值得称颂的是馆陶县人大副主任牛兰学，不仅亲自到大名迎接客人，而且亲自在粮画小镇担任解说员，表现出了较高的政治素养和人文精神，把采风活动上升到了一种政府行为和一种政治高度。

天下没有不散的筵席！分别的时刻终于到了。握手、拥抱、感慨、流泪……一切能表达深情厚谊的方式方法都用上了，内心留下的唯有对各位华侨作家的深深敬意和诚挚祝福。

好在各位作家是有约定的，他们将在短期内，把这次采风的内容，用文字的方式，用文学的手法，用世界的眼光，用世界的角度，写出见闻和感想，除了集结出版外，还要用各种文字、语言、方式发表和传播。让邯郸走向世界，让世界了解邯郸，付诸行动和努力，做出贡献和成绩。

左起：艾禺、韩立军、婉冰与心水合摄于郑州凯芙国际酒店

韩立军，大学文化，高级政工师，河北省新长征突击手。笔名汉武、陆虬等。从事创作多年，写作题材十分广泛，创作领域颇丰颇杂，从新闻到言论，从散文到杂文，从报告文学到科幻小说等。

世界华文作家交流协会邯郸采风团名单

团　长：墨尔本黄玉液秘书长

副团长：荷兰池莲子副秘书长

团　友：加拿大林楠副秘书长、美国压利桑那州周永新副秘书长、马来西亚朵拉副秘书长、印尼袁霓副秘书长、墨尔本婉冰中文秘书、新加坡艾禺中文秘书、墨尔本沈志敏财政秘书、德国汉堡谭绿屏文友、墨尔本庄雨文友、墨尔本倪立秋文友、新加坡寒川文友、新加坡林锦文友、沙劳越晨露文友、河南王学忠文友、河北张继书、张可和韩立军文友。

世界华文作家交流协会
第三届顾问与秘书处职守

名誉顾问：黄添福董事长（厦门）、雷谦光盟长、柯志南董事长（墨尔本）、陈文寿总经理（雪梨）、马世源会长、刘国强委员、林见松委员、王桂莺会长、叶保强太平绅士、陈之彬教授、苏震西先生、伍长然会长、伍颂达主委、蔡旭亮师傅、陈冠群先生、区镇标主席、吴天佐会长、孙浩良会长、陈如董事长、林子强教授、冯子垣名誉会长、陈世恺名誉会长、刘彪总教练、（墨尔本）、黄玉湖先生（瑞士）。

常务顾问：黄惠元、游启庆、郑毅中、黄肇聪。（墨尔本）

顾问团队：陈铭华（洛彬矶）、黎启明（南澳）、谭毅（雪梨）、孙浩良、周伟文、赵捷豹、杨千慧、廖婵娥、苏华响、叶膺焜、莫华、徐国联、黄明仁太平绅士（墨尔本）。

学术顾问：陈若曦教授（台湾）、黄孟文教授（新加坡）、黄金明教授（闽南师大）、苑清民教授（河北邯郸）、白舒荣主编（北京）、林继宗院长（潮汕）、何与怀博士、萧虹教授（雪梨）、汪应果教授（墨尔本）。

诗词顾问：廖蕴山（墨尔本）、毛翰教授（福建泉州）、林焕彰、方明（台湾）、秀实（香港）。

医学顾问：郭乙隆医生（墨尔本）、池莲子医生（荷兰）。

法律顾问：李美燕大律师。（墨尔本）

名誉秘书长：黄玉液（墨尔本）

秘　书　长：池莲子（荷兰）

副秘书长：尹浩镠博士（拉斯维加斯）、曾心（泰国）、郭永秀（新加坡）、张记书（河北邯郸）、许均铨（澳门）、叶锦鸿（婉冰　墨尔本）、袁霓（印尼）、张奥列（雪梨）、林爽（纽西兰）、华纯（日本）、林楠（加拿大）、王昭英（汶莱）、朵拉（马来西亚）、洪丕柱教授（昆士兰）、东瑞（香港）、周永新（亚利桑拿州）、绿茵（越南）、王勇（菲律宾）。

公　　关：高关中（德国）、方浪舟（雪梨）。

英文秘书：洪丕柱（兼）

中文秘书：艾禺（新加坡）

财务秘书：沈志敏（墨尔本）

文友名单：陈若曦教授、（台湾）、荒井茂夫教授（日本三重）、古远清教授（武汉）、池莲子、梦娜（荷兰）黄孟文教授、艾禺、寒川、君盈绿、林锦博士（新加坡）、何与怀博士、方浪舟、黄惟群、萧蔚、赵建英、张晓燕、李富祺（雪梨）。柳青青、为力、张凤、融融（加拿大）。梁柳英、王克难（洛杉矶）、姚茵博士（马里兰州）、黄玉液、黄惠元、沈志敏、齐家贞、陆扬烈、李照然、张爱萍、汪应果教授、子轩、张敬宪、倪立秋博士、庄雨、杜国荣（墨尔本）、刘熙镶博士（昆士兰）。晓星、孙国静（印尼）、白舒荣（北京）、苑清民教授、张可、韩立军（邯郸）、牛兰学（河北馆陶市）、钦鸿、程思良（江苏）、刘红林（南京）、毛翰教授、古大勇副教授（泉州）、南太井蛙、石莉安、林宝玉、艾斯（纽西兰奥克兰）、曹蕙（一级作家）、段乐三、李智明（长蒿）、唐樱主席、文吉儿（湖南）、胡德才院长（武汉）、郁乃、陈永和、和富 生教授（日本），谭绿屏、高关中（汉堡）、麦胜梅（德国威兹菈Wetzlar）、倪娜（柏林）、阿兆、王洁仪、林馥、秀实（香港）、

林明贤教授、涂文辉教授、林祁教授（厦门）、林燕华、蔡忠（越南）、李国七、杜忠全、小黑校长（马来西亚）、杨菊清博士（新疆）、苏相林（辽宁）、王学忠（河南安阳）、方明、陈美羿、朱振辉（道弘、台湾）、朱运利（汶莱）、罗文辉（江西）、林继宗院长、辛镛（广东潮汕）、凌峰（云南）、陈图渊（广东深圳）、杨玲主编、晓云、若萍（曼谷）、晨露（沙劳越）、林素玲、温陵氏（菲律宾）。

会友九十七位、十八位副秘书长、总计一百一十五位。

酿文学221　PG1810

 来一次寻找的旅行
　　　　——世界华文作家看邯郸

编　　着	世界华文作家交流协会
责任编辑	卢羿珊
图文排版	周政纬
封面设计	蔡玮筠

出版策划	酿出版
制作发行	秀威资讯科技股份有限公司
	114 台北市内湖区瑞光路76巷65号1楼
	电话：+886-2-2796-3638　传真：+886-2-2796-1377
	服务信箱：service@showwe.com.tw
	http://www.showwe.com.tw
邮政划拨	19563868　户名：秀威资讯科技股份有限公司
展售门市	国家书店【松江门市】
	104 台北市中山区松江路209号1楼
	电话：+886-2-2518-0207　传真：+886-2-2518-0778
网路订购	秀威网路书店：http://www.bodbooks.com.tw
	国家网路书店：http://www.govbooks.com.tw
法律顾问	毛国梁　律师
总 经 销	联合发行股份有限公司
	231新北市新店区宝桥路235巷6弄6号4F
	电话：+886-2-2917-8022　传真：+886-2-2915-6275

出版日期	2017年8月　BOD一版
定　　价	380元

版权所有·翻印必究（本书如有缺页、破损或装订错误，请寄回更换）
Copyright © 2017 by Showwe Information Co., Ltd.
All Rights Reserved

Printed in Taiwan

国家图书馆出版品预行编目

来一次寻找的旅行：世界华文作家看邯郸 / 世界
华文作家交流协会编着. -- 一版. -- 台北市：
酿出版, 2017.08
　　面；　公分. -- (酿文学；221)
BOD版
简体字版
ISBN 978-986-445-201-9(平装)

839.9　　　　　　　　　　　　106005777

讀者回函卡

感謝您購買本書，為提升服務品質，請填妥以下資料，將讀者回函卡直接寄回或傳真本公司，收到您的寶貴意見後，我們會收藏記錄及檢討，謝謝！如您需要了解本公司最新出版書目、購書優惠或企劃活動，歡迎您上網查詢或下載相關資料：http:// www.showwe.com.tw

您購買的書名：＿＿＿＿＿＿＿＿＿＿＿＿＿＿＿＿＿＿＿＿＿＿＿

出生日期：＿＿＿＿＿年＿＿＿＿＿月＿＿＿＿＿日

學歷：□高中 (含) 以下　　□大專　　□研究所 (含) 以上

職業：□製造業　□金融業　□資訊業　□軍警　□傳播業　□自由業
　　　□服務業　□公務員　□教職　　□學生　□家管　　□其它＿＿＿

購書地點：□網路書店　□實體書店　□書展　□郵購　□贈閱　□其他

您從何得知本書的消息？

　□網路書店　□實體書店　□網路搜尋　□電子報　□書訊　□雜誌
　□傳播媒體　□親友推薦　□網站推薦　□部落格　□其他＿＿＿＿＿

您對本書的評價：（請填代號　1.非常滿意　2.滿意　3.尚可　4.再改進）

　封面設計＿＿＿　版面編排＿＿＿　內容＿＿＿　文／譯筆＿＿＿　價格＿＿＿

讀完書後您覺得：

　□很有收穫　□有收穫　□收穫不多　□沒收穫

對我們的建議：＿＿＿＿＿＿＿＿＿＿＿＿＿＿＿＿＿＿＿＿＿

＿＿＿＿＿＿＿＿＿＿＿＿＿＿＿＿＿＿＿＿＿＿＿＿＿＿＿＿＿

＿＿＿＿＿＿＿＿＿＿＿＿＿＿＿＿＿＿＿＿＿＿＿＿＿＿＿＿＿

＿＿＿＿＿＿＿＿＿＿＿＿＿＿＿＿＿＿＿＿＿＿＿＿＿＿＿＿＿

請貼
郵票

11466
台北市內湖區瑞光路 76 巷 65 號 1 樓
秀威資訊科技股份有限公司　　　收
BOD 數位出版事業部

....

（請沿線對折寄回，謝謝！）

姓　　名：_____　年齡：_____　性別：□女　□男

郵遞區號：□□□□□

地　　址：_____

聯絡電話：(日)_____(夜)_____

E-mail：_____